いつでも種付け！
異種族孕ませ
ハーレム村
著 有巻洋太
画 T-28
原作 Miel
ぷちぱら文庫

エウロ
妊娠前から母乳の出るおっとり牛獣人娘。
プラッタ
エウロ＆サーボを引率している人間族。
サーボ
元気はつらつなボクっ娘の犬獣人娘。
フリーダ
勝ち気でワイルドスタイルなオーガ。
バルボーラ
処女のまま齢を重ねていたサキュバス。
ハルハル
種婿を異世界召喚したハーフエルフ。
インパル
ハルハルの召喚を手伝ったダークエルフ。

# いつでも種付け！ 異種族孕ませ ハーレム村

ジュオラル
ひとり性欲に屈しない気高きハイエルフ。

スーザ
夫が居らず欲求不満気味な猫獣人の母親。

ナーギ
鍛冶場を仕切るドワーフの「おかみさん」。

マーノ
エッチなことに興味津々なスーザの娘。

# プロローグ

今日は待ちに待った新作RPGの発売日。

彼は学校はもちろんバイトも休んでこの日を万全の態勢で迎え入れた。

昼過ぎに通販で注文していた現物が届くと彼のテンションはマックスに跳ね上がる。

さっそくゲームをゲーム機にセットしてスイッチオン！

テレビ画面に制作会社のロゴが表示され、続いてデモ画面が再生される。

そこには異世界情緒タップリな数々のキャラクターたちが映し出されていた。

「おお～、いいね、いいねぇ！　相変わらず可愛いくてエロエロ感が満載だ！」

このゲームは彼が大好きなイラストレーターがキャラデザをしていた。

ファンタジーな衣装に身を包んだケモノ耳の少女がニッコリ微笑んでいる姿だけでご飯三杯はいける。

正直にいおう。

ぶっちゃけ、このゲームはオナニー目的で手に入れたのだ。

「うへへへ、しばらくチンコが乾く暇はなさそうだぜ」

自然にニヤけて仕方がない。

ゲームを始めるとチュートリアルを兼ねたキャラ紹介パートだった。

男はどうでもいいから、どんどんスキップしていく。

「もっと女の子だ、もっと媚び媚びポーズを映せっ」

鼻息は荒くなり、早くも股間はギンギン。

このゲームは女性キャラの多さが売りのひとつだった。おかげで目移りしてしょうがない。

様々な種族の女の子でハーレムを築くことは、彼にしてみればまさに男のロマンだ。

もし現実にエルフやら獣人娘などがいたとしよう。

絶対に大事にして幸せにしてみせると、日ごろから熱い思いを胸に抱いていた。

「どこかに童貞卒業させてくれる気立てのいいおっぱいエルフとかいないかな〜」

『ミツケタ！』

「うん？」

気のせいだろうか。

どこからともなく声が聞こえたような？

テレビからではない。

直接、頭の中で響いた気がした。

そして次の瞬間。

目に映る光景が、一瞬でカメラが切り替わったように部屋の中から屋外に変わっていた。

明るい太陽光に思わず目を細める。

肌に風を感じる。湿った土と爽やかな緑の匂い。夢や幻とは思えない存在感があった。

「は？　え？　なにこれ？」

わけがわからず混乱して周囲を見回し、そのまま背後を振り返ると……。

「ようこそ種婿どの♪　我ら一同は種婿どのを心より歓待申し上げまぁす♪」

全裸でおっぱいから割れ目まで丸出しの女の子たちがズラリと勢揃いしていた。

キャアキャアと楽しげではしゃぐように彼のことを注目している。

「な、ちょ、マジかよっ、いったいなにがどうなって⁉」

どこかのコスプレ会場か？

どの子もかなりクオリティたけぇなオイ！

混乱しつつも、変なところであっさりと目の前の光景を受け入れていた。

代表者なのか耳が尖っている女の子が一歩前に出て、彼に語りかける。

「いきなりのことでさぞや驚きでしょう」

「いや、えっと、あ、ハイ」

「まずは私から今の状況を説明させていただきますね」

親愛な笑顔は魅力的で警戒心が湧き起こる暇がない。

そして、たゆんと柔らかそうに弾んだおっぱいに彼は目が吸い寄せられた。
まぎれもなく巨乳だった。
片乳だけささげ持ったとしてもまだ手のひらからあふれ出そうだ。
しゃぶりやすそうなサイズの乳首の先端が少しへこんでいる。
乳輪ものっぺりしたただの肌との色違いではなく、細かいポツポツが見て取れた。
数え切れないほどのポリゴンおっぱいを目にしてきた彼だからこそ、瞬時に悟る。
生だっ、リアルだ、本物だっ。
そんな好色な視線に、少女は嫌悪感を示すどころか逆にうれしそうな笑みを浮かべた。
「ここはあなたの認識でいうところの異世界になります」
「日本じゃない……？　じゃあこの場に俺

がいるのは……」

「私が召喚魔法でこちらに呼び寄せたのです」

「なるほど信じます。少なくとも不思議な現象なのは間違いないし」

今も明るい陽の光の熱を肌に感じる。

一瞬で室内から外に移動できるトリックなんて彼は知らない。

なにより色とりどりの女性たちのモフモフした耳や角など、とても作り物とは思えない。

彼に話しかけている少女の耳も俗にいうエルフ耳っぽい。

なによりおっぱいだ。

牡の本能でガン見してしまう。

先ほどから乳首がツンと勃ったおっぱいに意識が向いて目が離せない。

童貞少年の彼には、それ以外のことに頭が回らなくなっていた。

特に混乱する様子のない彼に、少女はホッとして肩の力を抜く。

「さすがは種婿どの。話が早い」

「その種婿どのって俺のことですか?」

「そうです。あなたを召喚したのは、ここで私たちと子作りしてもらうためですから」

「はい?　こ、子作り……?」

一瞬、なにかの比喩だろうかと思った。

いくらなんでもそのままの意味で受け取るのはあまりに彼に都合がよすぎる。

「あれ、種婿どの？　翻訳が上手く機能してないのかな？」

少女は小首をかしげ、生真面目に言葉を重ねていく。

「子作りとは男生殖器《おとこせいしょくき》を女性器に挿入して精子を放出する……」

「いや知ってますって」

聞き間違いでもないらしい。

どうやらそのままの意味で受け取ってよさそうだ。

それでも念のため、身もふたもない直球で確認する。

「生ハメ中出しセックスのことですよね」

「そうそれっ、生ハメ中出しセックスのことです」

ポンと手を打って、表情を輝かせる。

彼女に照れた素振りはみじんもなく、あけすけな明るい声で性行為を懇願していた。

「私たちには種婿どのだけが希望の星なんです」

「俺だけ？」

いわれて改めて周囲を見回してみると、綺麗な女の子ばかりで男の姿がない。

これはもしかして夢にまで見た亜人ハーレムってやつか！

絶好のチャンスを逃してなるものかと、彼はすぐさま力強く宣言した。

「子作りなら喜んで引き受けましょう！」

「本当ですかっ、ありがとうございますっ」

「その前提でもうちょっと状況を詳しく説明してもらえます？」

「はい、お任せください。当然、気になりますもんね」

少女曰く、ここは魔法で外界と遮断された孤島であり、島の住人はすべて女性で男性はひとりもいない。それというのも、少し前に大きな戦があって動ける男性は老人から子供までみんな徴兵されてしまったからだ。

その際、そのときの村長が残される女性たちのために、防壁となる結界を島に張った。

しかし、そこで誤算が生じる。

ちょっとだけ、その村長に気合いが入りすぎてしまっていたのだ。

「いや～、おかげで私たちじゃ誰にも結界が解除できなくなっていました」

「それ笑い事じゃないような」

「済んでしまったことは仕方ありませんから」

待てど暮らせど、男性たちが帰ってくる気配もない。

もしかしたら島のすぐそばまで戻ってきているかもしれないが、確かめる方法もない。

女性たちの意見で一番可能性があると思われているのは、村長の戦死だった。

「ですがこのままだと次世代への道が途絶してしまいます」

そこで妊娠適齢期のみんなで話しあいの場が設けられた。

島がこの世界と遮断されているなら異世界に賭けてみてはどうかと。

「私とダークエルフとが協力して新しい召喚魔法を開発しました」

「そりゃ凄いですね。で、なんで俺に白羽の矢が立ったの」

「他種族への偏見がなくてセックスに積極的で繁殖力バッグンな絶倫の若い殿方だから」

「なにそれ、そんなことまでわかっちゃうのか」

「それはもう、最高の配偶者を呼び寄せるための召喚魔法ですから」

自信満々に胸を張られると、豊満な乳房がプルルンと弾む。

そして、少しも悪びれることなく、しれっと彼に告げる。

「なお結界のせいで種婿どのは元の世界に戻れませんけど、ご了承願いますね♪」

「事後承諾にもほどがあるでしょうが……」

とはいえ、特に不満も未練も湧いてこなかった。

もちろん、家族や友人に二度と会えないのは寂しくはある。

でもだがしかし。

過去のすべてを投げ捨ててでも目の前の女の子たちが手に入るなら惜しくはない。

誰も彼もが美人で可愛くおっぱいが豊満だ。

「ちなみに、おかしな疫病とかはないよね」

異世界だけに、元の世界の常識だけで考えるのは危険だ。

もし男だけが罹患するキンタマ爆砕病なんて代物があったりしたら目も当てられない。

「大丈夫です。その辺のケアは魔法や秘薬でバッチリです。風邪ひとつひかせませんよ」

「だったら問題なしだ。俺に任せろ、みんなしっかり孕ませてあげますよっ！」

彼が高らかに宣言すると、キャ～ッと一斉に黄色い声が上がった。

その場にいるみんなが頬を染めつつも、艶めかしいまなざしを向けている。

「ちなみに俺は童貞だからテクとかには期待するな」

「私だって未経験です♪　私たち気があいますね♪」

「それでもいいなら妊娠したい人はこの指と～まれ！」

「はいっ、私っ、私です♪」

それはもういい笑顔で、エルフ耳の少女は彼が掲げた指をしっかり握りしめていた。

「そもそも私が召喚したんだから、私が一番最初の権利がありますよね♪」

「いいぜっ、じゃあキミが俺の初体験の相手に決まりだっ」

彼にしてもこの上ない脱童貞のシチュエーションだ。

夢にまで見ていたファンタジーな女の子との生ハメセックスが現実となる。

しかも、目の前の少女だけではなく、違うタイプの女性ともヤリまくれるのだ。

股間をこれでもかと勃起させながら、彼は少女の案内で一軒の家へと導かれた。

# 第一章　初めての種付け

案内された一軒家は、綺麗に整理整頓されていた。

イメージされるのはこざっぱりしたワンルームマンションだ。

そんな部屋に全裸の女の子とふたりきりとなれば、いやが上にもテンションが上がる。

いちいち女の子を口説いたりしなくていいのもいい。

最初のハードルをスキップできるのが童貞にはなによりうれしい。

目の前の彼女も、頬を紅潮させて期待感に満ちた目をしている。

「うふふ、なんだかワクワクしちゃいます」

「俺もだぜ。まったく、夢みたいな気分です」

「これからのこと考えると恥ずかしいのは確かなんだけど、嫌じゃないというか♪」

妊娠目的で彼を召喚しただけあって、最初から心の準備はとっくにできているようだ。

彼女は少年をベッドに誘いながら、改めて笑いかける。

「そうそう、自己紹介が遅れましたが、私はハーフエルフのハルハルと申します」

「これはご丁寧に。俺は……さっきの種婿どのでいいや。なんか特別感があるし」

元の世界に戻れないなら、ここでキッパリ切り替えていくのもいいかもしれない。

以前の自分はもう他人だ。そう思うくらいで丁度いい。

違う名前を名乗るのは、自分でもわかりやすい区切りになる。

「もちろん種婿どのは特別です。この島ではオンリーワンの殿方ですからね」

「う～ん、あんまり持ち上げられても……俺調子にのっちゃいますよ？」

「どうぞどうぞ♪　男の人ってハーレムが夢なんですよね。まさに今がソレです」

彼女の指摘はまさに正鵠を射ていた。

すべての男性がハーレムを好むとは限らないが少なくとも彼にとっては大好物だ。

そしてハルハルにしても、目の前の少年がかけがえのない存在だと心から思っている。

「種婿どのはみんなの夫でありご主人さまです。貴重な子種をいただけるんですからね」

「そうストレートにいわれると、照れるなぁ。めっちゃ興奮しますけど」

「みんなこの身のすべてを捧げても惜しくないと思ってますよ」

その言葉にウソはないと、ハルハルはそっとベッドに横たわった。

恥じらいつつ、ゆっくり股を開いていく。

「もちろん私だってこのとおり……どうぞ、種婿どののすきにしてください」

「ふおぉおぉおっ⁉」

普段はピッチリと閉じられている秘裂がパックリと割開かれていた。

ピンク色の粘膜まで丸見えになっている。彼にとって、生まれて初めて生で目にする女性器だ。

一瞬で鼻息を荒くする種婿の姿に、ハルハルも興奮気味だ。

「くす、種婿どのも初めてって話ですから、やっぱり一番興味あるかなって」

「ハルハルちゃんも初めてなんでしょ。いいの、こんな最初から大胆サービスなんてっ」

「は、はい。よかったらのぞき込んでみます？　きっと処女膜が見えると思いますよ」

「ヤベェ、理性が持たないってコレっ、マジでいいんだね、遠慮なんてしないよ？」

「もちろん♪　この身のすべてを捧げるって言葉に嘘はありませんから」

当人からのお墨付きが出た。

これで完全に自重する気がゼロになる。

「ぐふふふ、んじゃハルハルちゃんの一番大事なところじっくり観察しちゃおっと」

横たわる彼女の股間側に回り込んで、体温が感じられるほど顔面を近づける。

ほのかに香る汗の匂いから、彼女の緊張と興奮がうかがえた。

濡れた粘膜がヒクついていて、たまらなくイヤらしく感じる。

「あぁん、種婿どのったら鼻息がくすぐったいですぅ♪」

「ここがオマンコの穴かな？　で、これが処女膜と」

「わ、わかります？」

「うん、たぶんだけどね。穴のふちに可愛いピンクのヒダが見える」

生唾モノの光景に自然に声がうわずってしまう。

色素沈着も型崩れもない、まさしく処女地だ。

可愛らしいクリトリスもしっかり存在を主張して、ツンと尖っている。

「マジマジと観察されるのとっても恥ずかしいですぅ、でも熱くなっちゃうぅっ！」

「見られて興奮するなんてハルハルちゃんはエッチだな～」

「身体が妊娠したがって敏感になっているから視線だけでも感じちゃうんですぅ！」

照れてモジモジと身を揺するが、足は決して閉じようとしない。

自分が性的な対象として見られていることは、普通に悦びだった。

「まあ、男性の身体に興味津々だからエッチといわれたらそのとおりなんですけど♪」

「じゃあ俺のチンポ見てみる？　今ならギンギンに勃起して凄いことになってるぞ」

「いいんですか？　もちろん見たいですっ」

ハルハルが物心つくころにはすでに島内から男性の姿はなくなっていた。

これまで想像するしかなかった現物への好奇心はとても強い。

「生殖形態になった男性器なんて話でしか聞いたことないから楽しみですね！」

「やっぱハルハルちゃんはエッチだぜ。いいよ、俺だけ見るのは不公平だもんな」

彼はパパッと衣服を脱ぎ捨て、少女にならって全裸になる。

そしてどうだとばかり胸を張って腰に手をやり、堂々と股間を晒け出した。

雄々しく反り返る男根はカリ首が発達した亀頭をもたげて今にもはち切れそうなほどだ。

「ふわわっ、大きいっ、男の人ってそんなふうになるんですねっ、す、凄いですっ」

「う〜ん、女の子に凄いっていわれるのいいなぁ。大丈夫？　入りそう？」

「それはたぶん大丈夫かと。私だってちゃんと子作りできる身体に育ってるはずですし」

今からこれが自分の中に挿入される。

そう思うとますます身体が熱くなってくる。

「あぁん、これ早く挿れてほしいって私のアソコが……っ」

「おおぉ、ますます濡れてきたっ、エロすぎて俺もガマンできないっ」

肉棒の先端に透明な粘液がガラス玉のように盛り上がっていた。

側面に太い静脈が浮かび上がっている。

「も、もう挿れてもいい？」

「はいっ、私の処女も種婿どののものですから遠慮なく孕ませてください！」

おねだりするようにヒクついている膣穴に肉棒をあてがう。

亀頭が触れた秘部の粘膜が酷く熱を帯びている。

「よ、よし、ここだから……このままグッと押しつけてっ！」

「そうですっ、そ、そこにっ、あぁっ、入ってくるぅっ、グイグイ押し広げられてっ！」

愛液のおかげで挿入はとてもスムーズだ。

膣口が押し広げられ、肉棒が潜り込むと少女は落雷を受けたような衝撃を覚える。

「あぁぁあぁっ！　太いいぃっ、種婿どののオチンチン大きいぃいぃっ！」

「くうぅっ、キツくて食いちぎられそうっ、なにこれめっちゃ気持ちいいっ」

肉棒は半分ほど膣内に収まっていた。

ヌルヌルして火照った粘膜が亀頭に絡みついてくる感触が少年をたちまち虜にする。

「こ、これが生のオマンコかっ、凄いぞチンポ蕩けそうだっ」

「わ、私のアソコ変じゃないですか？　ううぅ、ちゃんと射精できそうですか？」

「超余裕でイケるねっ、そっちは大丈夫？　痛くない？」

「は、はいぃ、アソコがはち切れそうだけど、それ以上に興奮してきますぅっ！」

少女は少女で自分を貫いた肉棒に荒々しい獣性を感じていた。

これに身を委ねたらたしかに妊娠してしまうだろうと本能的な部分で納得してしまう。

そして少年は初結合の快感にますます興奮して、処女地に魅入られていく。

「よしっ、まずは付け根まで全部呑み込めるか試してみようっ」

「あぁぁっ、ふあっ、どんどん奥のほうにっ、あっ、あっ、オチンチンがぁ……っ！」

相手が初めての少女だというのに彼は相手の身体を気づかう余裕がなかった。

もっともハルハルにしても、破瓜の苦痛はほとんどない。

なんだかんだで彼女も初めて味わう男根にすっかり興奮しきっている。

種婿が勢いをつけて腰を打ち付けると、そのまま最奥まで一気に到達する。

「あぁんっ、は、入りましたぁっ、凄いっ、熱くて硬いのに埋め尽くされてるぅっ！」

「ハルハルちゃんの中も熱いぞっ、感動するくらい気持ちいいっ、生マンコ最高だっ！」

「私もですっ、はぁ、あぁ、こんな感覚初めてぇっ、これがオチンチンなんですねっ！」

初体験の緊張で力が入っていたせいもあって、膣穴は酷く狭く窮屈だ。

しかし、それも肉棒と触れあうことで膣壁がたちまち馴染んでくる。

プニプニしたシリコンを思わせる密着感が若い男根を悦ばせた。

「おお、これジッとしているだけで俺好みになってくぞっ」

「種婿どのに影響されて、自分が牝の身体になっていくのがわかりますぅ♪」

「よっぽど俺の子種がほしいんだな」

ストレートに女の子から求められる経験は初めてだ。

男としてうれしくないわけがない。

この可愛らしい少女の身体がすべて自分のモノなのだと実感が湧いてくる。

そして、ハルハルも上機嫌で彼に媚びまくる。

「私は種婿どのとの赤ちゃんがほしくてたまらないエッチな牝ハーフエルフでぇす♪」

「うへへ、そんなこといわれたら俺だって張り切っちゃうもんねっ」

「私も興奮しすぎてどうにかなっちゃいそうっ、どうかいっぱい中出ししてください！」

種婿とハルハルは互いを求めあって欲望のままに激しく腰を振っていく。

初々しくて稚拙な抽挿だが、それだけに虚飾のない露骨な交尾と化している。

「あぁん♪　奥にいっぱいズンズン響いてきて深いぃ、これたまらないですっ！」

「こんなに気持ちいいなんて、ふはっ、そりゃみんなセックスしたがるわけだ」

「種婿どのぉっ、私ったら想像していたのと比べものにならないくらい感じてます！」

互いにセックスに興味津々な年頃だ。

エロへの積極性とも相まって、自慰の回数もそれに比例して多かった。

「エッチなハルハルちゃんのことだもんな。そりゃチンポの感触くらい妄想するか」

「本物はとっても熱くて硬いですぅ、あぁん♪　アソコがみっちり満たされて幸せぇ♪」

「俺一発で気に入ったぞっ、望みどおり絶対に赤ちゃん産ませてあげるからねっ」

「はひぃ、うれしいですっ、あんっ、突かれて擦れてアソコが蕩けてくるぅっ！」

それでなくても火照っていた膣腔が、ますます熱くなっていく。

処女でも敏感な反応をするのだなと、種婿は興奮を覚える。

そしてハルハルは赤裸々な少女だった。

「とっても感じてますっ、自分でするよりオチンチンのほうが断然気持ちいいですっ！」

「オナニーしてたこといっちゃうんだ？　でも女の子だってそれくらい当たり前だよね」

「あぁんうっかりですっ、あひっ、アソコが気持ちよすぎてつい口が滑りましたぁ♪」

「俺とハルハルちゃんはもう他人じゃないんだから隠す必要なんてないよ」

むしろ女の子の恥ずかしい秘密を耳にすれば肉棒がさらに張り切る。

結果的に、相手にも気持ちよくなってもらえるのだから両得だ。

「あぁん♪　ウソ、ますます硬くぅっ、種婿どの凄すぎますっ、いいのぉっ！」

「そんなにいい？　俺自信もっちゃうよ？」

「とってもいいですっ、これが初体験なのにもう虜になっちゃいそうですっ！」

「俺だってもう腰が止まらないぜっ」

膣腔が積極的に吸い付いてくるので、肉棒が痺れて熱くなるばかりだ。

まさに自分の右手では味わえない極上の快感だった。

ハルハルも膣穴の感触がおかしくなっていた。

自分の身体とは思えないほど肉棒との一体感が気持ちいい。

もはや初々しさは消え失せ、高級シリコン顔負けの淫靡な膣穴と化している。

「なんかもう完全に肉がチンポに馴染んでるよっ、プニプニの締め付け感が最高っ！」

「それで種婿どのが気持ちよくなってくれるならなによりですっ、光栄なことです♪」

「初めてでこんなに気持ちいいんだから、きっと俺たち身体の相性が最高なんだよ」

「はぁい、あひっ、召喚魔法が最高の種婿どのを探し出したおかげでぇす♪」

「その魔法を開発したのがハルハルちゃんなんだろ？　お手柄じゃないか」

夢中になって腰を振る。

濃密な粘液にまみれながら肉棒と膣壁をこすりあわせる快感で彼の背筋に電気が走る。

抽挿のたびに豊満なバストも派手に弾んで、なおさら若い獣欲を煽った。

ハルハルもすっかり生ハメの虜になっている。

「ここまで凄いとは思いませんでしたぁ、あんっ、オチンチンたまらないですぅっ！」

「それでなくてもエッチだった子がチンポの味を覚えたら大変なことになるだろうな」

「それでかまわないですっ、だってこんなに気持ちよくて幸せなれるんですからぁ♪」

「んじゃ宣言してみる？　大きな声でいってみよっか」

相手がなんでもいうことを聞いてくれるなら、遠慮することはない。

種婿は調子づいてニヤニヤしっぱなしだ。

「処女だったハルハルちゃんはこれからチンポ大好き淫乱孕みマンコになりますって」

「あぁん、繰り返せばいいんですね、お安いご用ですっ」

「そうこなくっちゃ。さあ、ハッキリと叫んでみよう」

「処女だったハルハルはぁ、これからチンポ大好き淫乱孕みマンコになりますぅっ！」

同時に膣肉がキュッと締まり、肉棒を圧迫した。

それでなくても心地いい肉穴がますます具合がよくなる。

「うっわ、エッロ！　こんなドスケベなこと聞かされたら、俺のほうだってて っ」

「あぁんっ、オチンチンが中でヒクヒクってて っ、あぁっ、なにコレっ、なにコレっ！」

「男がイキそうになってる合図だぞっ、こうなったらもう止まらないからなっ」

「じゃあいよいよなんですねっ、早くくださいっ、いっぱい射精してくださいっ！」

ハルハルの嬌声が期待感でうわずる。

自然と子宮が熱くなり、少女の身体そのものがあからさまに孕み乞いをしていた。

そして種付け行為に興奮を覚えるのは少年も同様だ。

「一匹残らず精子をご馳走してるぞっ、だからエロエロなおねだり聞かせてよっ」

「あひっ、あぁっ、任せてくださいっ、そうすると種婿どのは興奮するんですよねっ」

「ふぅ、ふぅ、じゃあ勃起チンポで牝にしてくださいだっ」

「ふあっ、どうかハルハルの処女マンコを牝にしてくださいっ、あひっ、勃起チンポで牝になりますっ！」

「キンタマ空っぽになるまで中出しお願いしますも追加だっ」

「ハルハルは孕みたいですっ、キンタマ空っぽになるまで中出しお願いしますぅっ！」

羞恥《しゅうち》と興奮で紅潮したハルハルが口にした懇願は的確に彼の射精欲を刺激した。尿道がムズムスし、熱い欲望が睾丸からこみ上げてくる。

「いいよっ、最高だっ、おっ、おおぉっ、くるっ、ハルハルちゃん覚悟はいいかっ」

「激しいっ、どうぞっ、熱いチンポ凄いっ、きてっ、孕みマンコにしてぇえぇっ！」

牡の獣欲を全開にした抽挿はまさに暴虐が杭打ちだ。

ハルハルは髪を振り乱して、初めて味わう牝の快楽を持てあましていた。

「私もおかしくなっちゃうっ、熱いっ、痺れるっ、チンポがっ、チンポがぁあっ！」

「うおぉおぉっ、出すぞハルハルちゃんっ！　うわぁあぁっ！」

「あぁあっ、イクイクイクうぅっ、奥で弾けてるっ、熱いのいっぱい出てるぅっ！」

肉棒が脈動し、ドロドロの精液を噴出する。

そのたびに精液が付着した子宮口に灼き付くような心地よい痺れが走る。

「あぁっ、こんなの初めてっ、中出しで感じて子宮でイッちゃうぅっ！」

「うおっ、ふおぉぉっ、まだまだ出るよっ、自分でも信じられないくらい調子いいぞっ」

「あっ、あっ、中であふれかえってますっ、奥まで染み込んでくるのぉっ、いいぃっ！」

「任せてっ、くぅっ、ふはっ、どうだっ、もっと喰らえっ」

彼は活きのいい子種で子宮を精液漬けにしてやるつもりだ。

ハルハルはなんども絶頂を繰り返し、子宮の痺れは脳まで達している。

「あぁんっ、またイクぅっ、イキまくりなのぉっ、気持ちいいっ、たまらないですっ！」

頭の中まで真っ白な光りに埋め尽くされて、今にも意識が飛んでしまいそうだ。

それでも失神しないのは子宮に浴びせられる精液の熱が気つけ薬となっているからだ。

「あふぅ、はぁ、あぁんっ、気持ちよすぎて頭がクラクラしますぅ、はぁ、あふぅっ！」

「ふぅ、俺もこんな気持ちいい射精は初めてだっ」

種婿は、孕ませ目的の中出しは自慰とは違って特別なんだなとひとりで感心していた。

生まれて初めての膣内射精を体験した少女も、夢見心地で喘いでいる。

「とっても満たされてますぅ、幸せぇ、子宮に精液が染み込んでくるぅ、あぁん♪」

「ハルハルちゃんのおかげで最高の童貞卒業ができたよ」

これはもう完全に子作りにハマってしまいそうだ。

毎日のように中出しセックスしても飽きることはないだろう。

可愛らしい巨乳少女が積極的に孕みたがっている点も重要だった。

「はぁ、はぁ、あふぅ、私もとってても素敵な初体験でしたぁ♪」

「くうぅ、可愛いなぁ！　よし、ハルハルちゃんは俺の性欲処理係に任命しようっ」

「それこそ願ったり叶ったり♪　謹んで種婿どのの性欲処理係を拝命いたしまぁす♪」

興奮冷めやらぬふたりはイチャイチャしながら絶頂の余韻に浸っていた。

肉棒は自慰とは比較にならない量を射精したはずなのに少しも萎える気配がない。

目の前に魅力あふれるハーフエルフ少女がいるせいか、賢者タイムにもならない。

要するに、少年はまだまだヤリ足りないというわけだ。

ハルハルは絶頂の余韻で吐息を乱しつつ、ちらっと彼の股間と顔とで視線を往復させる。

「あらあら、とってもイヤらしい顔つきになってますよ？」

「それはお互い様でしょ。ハルハルちゃんもなに期待してる目になってるの」

お互いにセックスへの忌避感がないので、本音がすぐに表情に出る。

「ソコが勃ってるときって男の人は目の前の女の子を孕ませたいって思ってるサインだって聞きましたよ？」

「そうだな～、少なくともハルハルちゃんにもっと中出ししたいとは思ってるな」

「でしょ。もちろん私は種婿どのに中出しされたいと思ってまぁす♪」

「ふっふっふっ、それならなんの問題もない」

やに下がりながらハルハルの巨乳を揉んでやろうと指をワキワキさせる。

だがそこに横から声をかけられる。

褐色の全裸を惜しみなく晒したまま肉感的な女性が不意に笑顔で立っていた。

「はぁい、そこまで。貴重な種婿どのの独占は謹んでもらいましょうか」

「うおっ、いつの間にっ。つーか、どこから入ってきたんです⁉」

「普通にドアから。あなたたちがサカリすぎて周りが見えなくなっていただけですよ」

この女性はさっきの広場で彼を出迎えてくれたメンバーの一員にいたのは覚えてる。

見た目はハルハルよりも年上のようだ。

ハルハルがＪＫだとしたらこのお姉さんはＪＤといったところか。

そしてハルハルに勝るとも劣らない素晴らしい巨乳だ。

しかも耳が尖っている。おそらく彼女もハルハルと同じエルフ種なのだろう。

褐色のお姉さんはからかうように種婿とハルハルを見据えた。

「初体験の一部始終をずっとのぞいていたのにちっとも気がつきませんでしたよね」

「俺たちのことのぞいてたって……まあ、べつにいいけど」

「ああ、なるほど」

ハルハルがぽんと手を打つ。

「つまりアレですよね。のぞいているうちにガマンできなくなったと」

「種婿どの私はダークエルフのインパルです。次は私に中出ししてください」

「ハルハルちゃんもそうだけど、お姉さんもたいがい直球ですね」

「一番の功労者ということで最初はハルハルに譲りましたが、私だって召喚魔法に貢献したんですからね」

　魔法とは縁のない少年にしてみれば、そうなのかとただうなずくことしかできない。

　そこでハルハルが補足する。

「召喚魔法の設計は私ですが、異世界到達規模で起動するには私だけの魔力じゃ足りなかったんです」

「私の魔力はハルハルの数倍はあります。召喚魔法に私は欠かせない存在なのです。ほら貢献してるでしょう？」

　褐色の豊満な胸に手をやって、自信満々に語っていた。

　ハルハルが肩をすくめる。

「がっついてるなぁ。気持ちはわかりますけど」

「わかるなら次は私に譲ってもらいましょうか」

　ニヤリと蠱惑的《こわくてき》に目を細めつつ、四つん這いになってお尻を種婿に向けてきた。

　巨乳のボリュームに負けない、ムッチリとした張りのある巨尻だ。

「さあ、種婿どの♪　ほら、あなたを迎え入れる準備は整ってますよ♪」

「おお、こ、これはっ」

褐色の肌とピンクの割れ目のコントラストが艶めかしい。

四つん這いはいかにも肉棒をおねだりしているポーズで牡の興奮を煽る。

「男知らずの初物です。どうぞ心ゆくまでご堪能ください、遠慮はいりませんから♪」

「ってことは、インパルさんも俺色に染めてオッケーってことですね」

「はぁい、あなたの女になってしっかり尽くしたいと思います♪」

ハルハルたちの情事をのぞいて興奮していたのか、しっかりと濡れていた。

インパルの呼吸にあわせて、愛液まみれの秘裂がヒクついている。

種婿にしてみれば、露骨な誘いとしか思えない。

「処女でも身体はチンポをほしがるんですね」

「あふぅ、いよいよ私も女になるのかと思うと身体がどんどん火照ってきます」

「あんまり焦らしすぎても可哀想だな。じゃあこのままいただかせてもらいますっ」

「どうぞどうぞ、心ゆくまでお召し上がりくださぁい、あ、あぁ、くるぅ……っ！」

インパルは彼が挿れやすいようにとクイッとお尻を上げてくれた。

その仕草も艶めかしくて、種婿は自然に好色な笑みを浮かべてしまう。

鼻息を荒くしながら無防備な膣口に肉棒をあてがうと遠慮なく腰を押しつけていく。

「ああぁっ、メリメリっていってますぅ♪　私の処女が種婿どのに奪われていくぅっ！」

「すっごくうれしそうな声をあげてますね。そんなにチンポがうれしいんですか？」

「もちろん、うれしいですっ、ぁひっ、硬くて熱いモノがグイグイ入ってくるぅっ！」

　元から受け入れ体勢が整っているせいかインパルの処女地もまったく苦しげなところがない。

　破瓜の傷みは結合の歓喜と興奮の前では誤差でしかない。

「あっ、あっ、どんどん奥にぃっ、すごぉいっ、背筋にビリビリ感じる電気走ってますぅっ！」

「これまた窮屈だなぁ。これがこのあとネットリ吸い付いてくるドスケベ絶品マンコになるのか～」

「種婿どの好みのイヤらしい身体になれるように頑張りますから遠慮なく愉しんでくださいっ！」

「インパルさんの身体も、しっかりチン

ポ好きエルフに躾《しつ》けてあげますからね」

　膣内の粘膜が火照っている。

　強引な侵入を果たす男根をじゃれつくように締め付けていた。

　男を悦ばす名器になるだろうと思われる淫蕩な素質が早くも透けて見えている。

「あっ、あっ、深いぃ、一番奥まできてますっ、あぁん、凄いぃ……っ！」

「ハルハルちゃんのおかげで俺も少しはエッチに慣れましたからね」

　軽く腰を揺すって肉棒で膣内をまさぐると、裏筋の当たりにコリコリした感触があった。

「あぁん、痺れちゃいますぅ、当たってますっ、そこが子宮口ですぅ、あぁぁんっ！」

「あ、やっぱり？　妊娠したがってる身体はここを刺激されると弱いんですよね～」

「私ったら早くも種婿どのの手玉に取られてますね、あふぅ、キュンキュンきてますっ」

「かなり積極的に絡みついてくるし、これはもう早くもチンポに馴染みましたね？」

　勃起した肉棒は付け根までインパルの中に収まりきっている。

　彼女のしてもはち切れそうな感覚はもうなくなっていた。

「そ、そうですね。どんどん蕩けてきますぅっ、あぁん、とっても幸せな感じぃ！」

「よしっ、じゃあインパルさんもしっかり孕ますとしますかっ！」

　ムッチリしたお尻に手を添えて、勢いよく腰を振っていく。

　巨尻は肉厚なので鷲づかみにすればホールド性もいい。

「あんっ、いいぃっ、太くて硬いモノが中で暴れてますっ、あぁんっ、凄いぃっ！」

「インパルさんもしっかり腰振っちゃって、とても処女の所業とは思えませんね」

「身体が勝手にっ、あぁんっ、ズンズン奥に響くたびに腰が跳ねてしまうんですぅっ！」

「おお、吸い付いてくるっ、こ、これは俺も腰が止められない気持ちよさですよっ」

動物の交尾を思わせる後背位は征服感も強い。

牡の凶悪な獣性を刺激されて、少年の腰振りがドンドン乱暴になっていく。

「ふぅ、んひっ、カリ首にこすられているのがわかりますっ、中が熱くて痺れますっ！」

「それならインパルさんだって粘膜の細かいヒダヒダがチンポと相性バッチリですよっ」

「いいぃっ、熱いっ、素敵ですっ、この快感を知ったらもう二度と忘れられませんっ！」

「俺のチンポを気に入ってもらえて、こっちもテンション上がるってもんですっ」

肉棒から荒々しい気迫が感じられ、インパルは嬌声を抑えきれない。

必ず孕ませてやるとロックオンされるのは妊娠願望のある牝には悦びでしかない。

「さすがは種婿どのですっ、あぁんっ、多くの女を牝にする支配者の器ですよっ」

「大人の魅力がムンムンしてる美人のお姉さんが俺の虜になるなんてロマンありますね」

「こうやってひとつになったら実感できますぅ、自分はこれから孕まされるんだって♪」

理屈ではなく本能レベルで確実に孕まされるのだとわかってしまう。

熱い剛直でズンッと響くほど突き上げられると脳が痺れてたまらない。

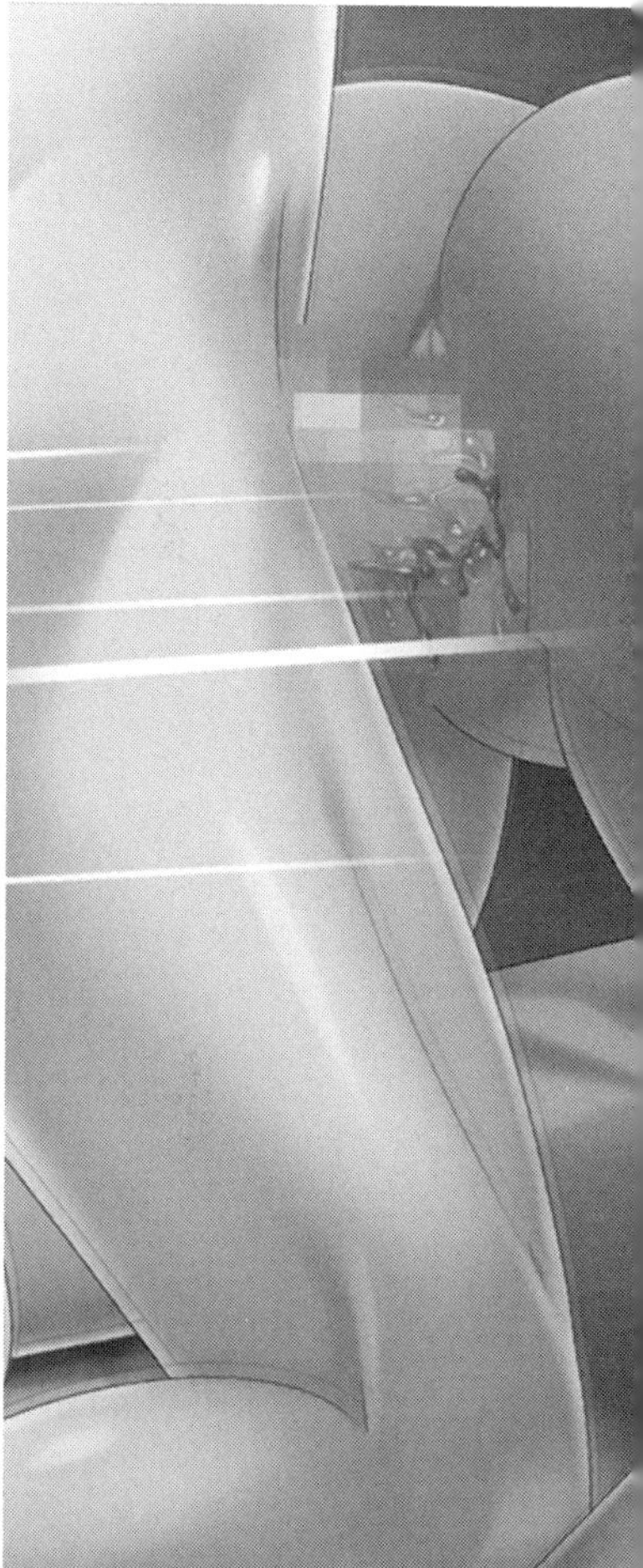

「ふあっ、んひぃっ、ドンドン頭がバカになってくんですぅ、あはぁっ！」

「見た目が小悪魔めいたお姉さんらしくサキュバスみたいにチンポ貪っていきましょう」

「確かに淫魔に間違われること多いですけど、そこまで淫乱じゃないですぅっ！」

「それはチンポを知る前の話でしょ？　自分のプライドとチンポ、どっちが大事？」

意地悪く連続で膣奥を突き上げた。

ハルハルとの初体験で女体を屈服させた経験が、さっそくここでも生きてくる。

「ほらほらどうだっ！」

「もっと激しくするなんてっ、かき回されてるっ、凄いっ、おかしくなるぅっ！」

「このムチムチの褐色エロボディならかなり性欲が強いタイプと見たっ」

「種婿どのぉっ、激しいっ、いいのぉっ、奥で凄いのが弾けてますっ、あぁんっ！」

四つん這いで悶えるインパルの締め付けは強くなる一方だ。

愛液の分泌も潤沢で官能の汗が尻のえくぼにたまっている。

「へへ、インパルさんの本音はやっぱりチンポを貪りたいんですね～」

「さっきから奥にゴリって当たるたびに意識が飛びそうになりますぅっ！」

「心から悦んでもらえてうれしいよっ、おかげで特濃なヤツがたっぷり出そうですっ」

「あぁんっ、気持ちいいぃっ、おかしくなるっ、あぁぁっ、もっとぉっ♪」

子種がほしくてたまらないという吸い付きだった。

褐色美女が自分の肉棒に操られるまま乱れるのだから牡として楽しくて仕方がない。

「ほらほら、俺がもっと牝の本性を暴いてあげましょうっ」

「くはっ、もっとチンポっ、あぁんっ、チンポ激しくっ、メチャクチャに犯してぇっ！」

「初体験でこのザマなんて、やっぱインパルさんの正体はサキュバスなんじゃ？」

「正真正銘のダークエルフですぅっ、でもこれ好きぃ、チンポたまりませぇんっ！」

元気いっぱいの肉棒でかき回される快感にすっかり夢中になっていた。

かつてない快感が背筋を駆け上がるのか、ベッドのシーツを握りしめて悶えている。

「俺もインパルさんの初物マンコ気に入りましたよっ、必ず孕ませてあげますからねっ」

「あひっ、感激ですっ、いいぃっ、孕ませてっ、奥にたっぷり精子くださいぃっ！」

抽挿のテンポが早くなっていく。

尻肉をしっかり握っているため指の跡がつきそうなほど激しくなっている。

「あっ、あっ、おおぉっ、チンポ暴れてますっ、いいっ、チンポぉおぉっ！」

「チンポがムズムズしてきたっ、キンタマに詰まってる精子をぶちまけますっ」

「きてぇっ、精子っ、キンタマ空っぽになるまで中に出してくださいぃっ、あぁぁっ！」

種婿の様子から射精の気配を感じ取ると、ますます子宮が熱くなる。

インパルは胎内からこみ上げるなにか大きな波に押し上げられる感覚に抗えない。

いよいよ自分が牝にされてしまうのだと思った瞬間、膣奥で精液がぶちまけられた。

「イッくうぅっ、中でいっぱい熱いのがっ、ドピュドピュってっ、痺れるぅっ！」

「うおっ、くうぅっ、どうですっ、これでインパルさんも孕んじゃえっ！」

「これが精液なんですねっ、蕩けるっ、子宮でイッてますっ、これ大好きぃいいぃっ！」

「くうぅっ、これで処女マンコも精子の味を知った牝マンコですねっ」

肉棒が心地よさそうな脈動とともに、繰り返し濃厚な精液を吹き出す。

いちど子種の味を知ったらもうそれだけで彼の身体の虜だ。

もはや少年の男根なしではいられない牝になってしまう。

「とっても幸せぇっ、もっとくださいっ、種婿どののチンポミルク大好きぃ♪」

「いいですよっ、くはぁっ、どうだっ、孕めっ、俺の子供を産ませてあげますよっ」

「いいのっ、染み込んできますっ、気持ちいいっ、イクイクマンコっ、あぁぁぁぁっ！」

ガクガクと全身を痙攣《けいれん》させながら絶頂の嬌声を部屋中に響かせている。

射精が済んで種婿が離れると、インパルはすぐさま甘い声を出した。

「んはぁっ、抜いちゃイヤですぅ、もっとチンポぉ、いっぱい中出ししてくださいぃ♪」

「ポッカリ口を開けたまま、丸見えの膣壁がヒクヒクしてますよ。すっげぇエロいっ！」

「私の牝穴はもう種婿どのに躾けられたので、名実ともに種婿どの専用になりましたぁ♪」

絶頂の余韻で蕩けた顔つきだが、インパルはまだ物ほしげな目をしていた。

「ヤリ足りないって顔してますよ。まったくインパルさんときたら淫乱ですねぇ」

「あなたが私を牝にしたんです。責任とって肉便器並に愛用してもらいますからね♪」

「へへ、俺には異存ないですね。遠慮しないで心の赴くままにヤリまくってあげますっ」

「あぁん、なんて頼もしい種婿どの♪　ではさっそくお代わりの勃起チンポを……っ」

クイクイッと艶めかしく腰を振って、露骨なおねだりをしていた。

しかし、そこに不意打ちで開け放たれたドアから物言いの声が上がる。

頭に小さな角が生えた長身の女の子が全裸のまま堂々と立っていた。

筋肉質でがっちりした体型だが、顔つきからハルハルと同年代と思われる。

「ちょっと待った。もうガマンの限界だ。次はあたしが種婿どのの子種をいただくよ！」

一方的な宣言に目を丸くするのはハルハルだ。

「ええ〜、いきなりそんな勝手なっ、割り込まないでよっ」

「あんな派手に見せつけられたら身体の疼きが抑えられなくなるに決まってるだろうが」

飛び入りの角付き少女はズカズカと室内に入ってきた。

ベッドの上のインパルは苦笑気味に肩をすくめる。

「ふふ、それはごもっともだけど……ま、種婿どのは逃げないんだし、べつにいいか」

褐色の肌が情事の汗で濡れているため、ちょっとした仕草ですら官能的だ。

角付き少女は腕を組んで満足げにうなずく。

「へへ、インパル姉は話がわかるねぇ。で、ハルハルはどうなんだ？」

「そりゃ、静脈が太く浮きでている勃起チンポを見たら焦る必要ないのはわかるけど」

体液まみれの肉棒を直視するのはまだ恥ずかしいようだ。

ハルハルは頬を染めながらチラチラ種婿の股間を見ている。

そんな可愛い女の子が恥じらう姿に少年は興奮を覚えた。

一方、あくまでワイルドなのは長身の女の子だ。

「んじゃ話は決まったな」

「え、あの、ちょっと？」

あっけにとられる種婿が口をはさむ間もなく、強引に床に押し倒された。

角付き少女は騎乗位でマウントを取ると、そのまま肉棒を鷲づかみにする。

「こ、これが本物で生身のチンポかっ、凄いなガチガチに硬くて熱く脈打ってるぞっ」

軽く手を動かして感触を確かめていた。

肉棒の硬さを実感すると、角付き少女は舌なめずりする。

「こりゃいい、思い切り食ってもちょっとやそっとじゃ折れたりしそうにないなっ」

「ちょっ、ら、乱暴はやめてっ、優しくしてくださいっ」

「ははは、大丈夫だって。大切な種婿どの相手に無茶なことはしないよ」

「いやこれ、どう見ても逆レイプ現場ですよっ」

「そもそもあたしも初めてだし、そんな派手なことにはならないって」

あっけらかんと告げてくる。

本人にあまり初体験に対する緊張感がないようだ。

相手もセックス初心者と知って種婿は肩の力を抜く。

「なんだ、そうなのか。迫力あるから、てっきり性豪の肉食系娘なのかと」

「ま、ずっと前から楽しみだったから、ついハシャギすぎちまうかもしれないけど♪」

「ダメじゃねーかっ、おい頼むぞっ、替えの利かない貴重な愛息なんだけどっ」

「心配するなって。こんなの男と女ならノリでだいたいなんとかなるさ」

握ったままの肉棒を自らの膣口に誘導する。

亀頭が秘裂の粘膜に触れると、しっかり潤って準備は整っていた。

「あたしはオーガのフリーダだ。そろそろ種婿どのをいただかせてもらうよっ！」

オーガ娘は興奮して息を荒くしながら、ゆっくりと腰を下ろしていった。

まずは亀頭がヌルッと滑りながら膣内に入り込む。

「んぁっ、おおぉおっ、メリメリいってるぞっ、あぁんっ、これ凄いな、ああぁっ！」

「おお、これいきなり発情してるだろっ、めっちゃ中が熱いっ」

「あたしの処女が一瞬で貫かれたっ、種婿どののときたら女殺しの剛の者だな♪」

火照った膣壁が積極的に絡みついてくる

と同時にオーガ娘は艶めかしい息を漏らす。

結合部にうっすらと破瓜の血がにじんでいるが彼女はまるで気にしていない。

「くうぅ、チンポがすり潰されそうな締め付けだっ、ぬおぉっ、ま、負けるかぁっ！」

「ひんっ、こっちは初めてなのに、いきなり太くするなんて反則だぞっ」

「それだけフリーダの中が気持ちいいってことっ、今だって派手にうねってるしっ！」

「お、おう、そうかあたしは気持ちいいか。だったら仕方ないねぇ」

フリーダは一気に腰を下ろして、残りの肉棒をすべて呑み込んでみせた。

膣内を男根で埋め尽くされると、それだけで軽く達してしまいそうになる。

まるで灼けた鉄棒で身体の中からジリジリとあぶられてる気分だ。

「んはぁ、どうだい、全部入ったぞっ」

「うぅっ、一匹残らず子種を吸い尽くしてやるって気迫にあふれてるのを感じるっ」

「ハルハルとインパル姉が一発で手なずけられるとこ見せつけられたからな」

フリーダにしてみれば期待するなというほうが無茶だった。

子宮が火照って、活きのいい子種を今か今かと待ちかねている。

「へへ、フリーダも俺の可愛い牝になる運命かと思うとチンポがビンビンになるな」

「力強い牡に屈服させられる経験なんて初めてだ。ワクワクが止まらないってもんだよ」

まずは男というモノをしっかりこの身体に教えてもらおうかと強気な笑みを浮かべなが

ら、勢いよく腰を振りだした。

「くうぅっ、ふあっ、あっ、あぁっ、こ、こいつはヘビィだなっ、想像以上だっ！」

「ぬっく、おいちょっと、初めてなんでしょ？　そ、そんな激しくして大丈夫なの？」

「ちょっとキツいくらいでちょうどいいっ、ふあっ、すぐに馴染ませてやるからなっ」

種婿の発達したカリ首で処女地の膣壁をこすられるとビリビリ響いた。

気合いを入れて扱けば扱くほど元気になる肉棒に早くも脱帽してしまいそうだ。

「ふあっ、くぅっ、チンポって凄いなっ」

「こ、これ俺の握力より締め付ける力が強いぞっ、うぅぅ、オーガマンコぱねぇっ！」

「あひっ、いいっ、こんなの味わったら女なら誰だって抵抗できなくなるってのっ」

野性味あふれる腰振りも、段々と艶めかしい牝の仕草が色濃くなっていく。

フリーダが主導権を握っていた騎乗位も、すでに主と従の雲行きが怪しい。

「やばいっ、腰が止まらなくなるっ、勝てるわけないっ、あぁん、これ最高だなっ」

「チンポねじり取られそうっ、そんなにいいかっ、完全に夢中になってやんのっ」

「いいっ、奥に当たるたびに子宮が蕩けてくるっ、凄いぞ種婿どのっ、痺れるぅっ！」

肉棒で貫かれているだけで、もはや余裕がない。

ここで中出しされたらと思うだけで、全身が蕩けてしまいそうだ。

「あぁん、も、もうどうにかなっちゃいそうっ！」

「それいいなっ、俺がチンポのいいなりになる牝オーガにしてやるぜっ」

フリーダの動きにあわせて彼も腰を突き上げてやる。

子宮から脳天まで駆け上がってくる衝撃に、たまらず首を仰け反らせてしまう。

「響くぅっ、いいっ、好きになっちゃうだろっ、チンポ最高っ、ぁぁんっ！」

「どうだっ、これから孕まされる気分はっ、襲いかかってきたのに返り討ちだぞっ」

「元から孕むつもりだからなんの問題もなしっ、チン負けはむしろ望むところだっ」

腰が抜けるまで終わらせるつもりはないとばかり、豪快に腰を振り続ける。

ボリューミィな乳房が種婿の頭上で派手に弾んでいた。

「あふぅ、ほらほらっ、もっとあたしを手懐けてみなっ」

「逆レイプなのに進んで負けたがるなんて、肉食系だけど本質はマゾってことか？」

複雑な性を抱えてる牝だなと種婿は意地の悪い笑みを浮かべる。

フリーダは細かいことにはこだわらない性格なのでからかわれても気にしない。

大事なのは身体がとにかく孕みたがっているということだ。

「孕んだ上で激しく力強くヤレたら最高だろ？　この硬くて太いチンポとさ♪」

「だから締め付けが凄すぎるってっ、まったくっ、力加減ってものを躾けてやるぜっ」

「あぁんっ、グリッってきたぁ♪　いくらでも躾けてくれっ、力ずくなの大歓迎だっ！」

フリーダの腰振りと種婿の突き上げがあわさって派手な水音が響く。

結合部の体液が白く泡立つほど激しいぶつかりあいだ。

「熱いっ、身体中が燃えだしそうっ、種婿どのはたくましいなっ、惚れ惚れするぅっ！」

「処女マンコはすっかりなついたな。どうだ自分が牝だって身体で理解できてきた？」

「もちろんさっ、チンポで命令されたらなんでも従っちゃいそうっ、あひぃっ！」

膣腔をかき回される快感にすっかりのめり込んでいる。

どんなに身体を鍛えても、この悦びに抗うことはできない。

自分はどうしようもなく牝なのだとフリーダは現実を受け入れた。

「あぁんっ、気持ちよすぎるぅ、もうあたしはチン負け牝オーガだよっ！」

「そうやって素直にこられるとやっぱ可愛いよな。ほらほらチンポで可愛がってやるっ」

「深いぃっ、突き上げられるぅ♪　太くて硬くて熱いのぉっ、おかしくなるっ！」

筋肉質な身体だけあって、初見では女性らしい色気は感じなかった。

だが快感に悶える今の姿は弾む乳房とも相まって種婿の獣欲をとても刺激する。

「もっとぉっ、種婿どののたくましいチンポであたしを牝オーガにしてぇっ、あぁっ！」

「しっかり孕ませてやるぞっ、だからもっと可愛く牝鳴きしてみろっ」

「うあっ、あぁんっ、凄いぃ♪　これ好きぃっ、たまらないっ、気持ちよすぎるぅ！」

「フリーダがエロくなればエロくなるほどチンポが張り切るのわかるだろ」

興奮して充血した膣粘膜は敏感になる一方だ。

大きなストロークで膣腔を突き上げられるたびに、牝の本能も刺激されてしまう。

フリーダは男根が本気で自分を孕まそうとしている気配に胸がときめいて仕方がない。

「あひっ、種婿どのの子供がほしいっ、孕みたいっ、いっぱい中出ししてぇっ！」

「いっとくけど中出しは一回や二回じゃ終わらないっ、俺が満足するまで続けるぞ」

「それいいっ、メチャクチャにしてくれ、種婿どのにオモチャにされるぅっ♪」

「やっぱフリーダってマゾっ気があるだろ」

膣肉の締め付けが甘えるようなおねだりを繰り返している。

これが処女の初体験とは思えないほど露骨で淫蕩な牝の仕草を身につけていた。

「あたしが音を上げてもチンポやめないでぇっ、孕むまでチンポ責めがいいのぉ！」

「勝ち気な女がチン負けしてなついてくるとギャップでめっちゃエロいし可愛いぞっ」

「も、もうこれ以上はガマンできないっ、あぁっ、子宮が灼けておかしくなるぅっ！」

「へへ、つまりフリーダはどうしてほしいのかな？」

「も、もう出してっ、たっぷり子種を中にぃっ、なんでもするから孕ませてぇっ！」

ストレートな種付け乞いと同時に膣腔の派手な蠕動《ぜんどう》も始まった。

肉棒が揉みくちゃにされる心地よさに射精欲が急激に昂ぶってくる。

「くぅっ、じゃあ中で射精してやるから大きな声で宣言してもらおうかっ」

中出しをエサにした躾は、この手の発情した牝には効果絶大だ。

ハルハルとインパルを肉棒で屈服させた実績は伊達ではない。

種婿はもっともらしい口調でフリーダに要求する。

「フリーダはチンポに負けて俺のモノになるっていってみろっ」

「あひっ、あぁっ、あたしはチンポに負けて種婿どののモノになりますぅっ！」

「次は屈服させられるのが大好きなマゾマンコですって媚びるんだっ」

「たくましいチンポに屈服させられるのが大好きなマゾマンコですっ♪」

肉棒をたぎらせた少年はフリーダの本当にいいなりな姿に興奮を覚えた。

支配欲と所有欲を刺激されて、目の前の牝をたまらなく孕ませてやりたくなる。

「いいぞ、キンタマがムズムズしてきたっ」

「うれしいっ、ゾクゾクするぅっ、硬いのが子宮に響くっ、あぁんっ、蕩けるぅっ！」

「キンタマいっぱいの子種をご馳走してくださいっておねだりしてもらおうかっ」

「き、キンタマいっぱいの子種をぉ、あぁん、ご馳走してくださいぃ、あぁぁっ！」

強烈な快感に支配されて余裕がないため、すっかり種婿のいいなりだ。

彼がラストスパートをかけるとフリーダの嬌声が一段と大きくなった。

「ズンズンめった突きっ、マゾマンコがギブアップだっ、イクっ、もう無理ぃいぃっ！」

「うおおぉっ、こいつでフリーダも孕んじゃえっ」

勢いに乗った抽挿でそのままこれでもかと膣内射精した。

子宮はたちまち精液に反応して爆発的な絶頂感を女体にもたらす。

「イッくううぅっ、奥にいっぱいでてるっ、熱いのがっ、凄い勢いなのっ、あぁっ！」

「おおおぉっ、し、締まるっ、そんなに俺の子種が気に入ったのかっ」

「ひぃっ、ドピュドピュってっ、奥に染み込んでくるっ、いいっ、またイクううぅっ！」

「どうだっ、こいつが子種だぞっ、初めて味わう精液の感触は格別だろっ」

フリーダは今にも意識が飛んでしまいそうなほどの激しい絶頂感を味わっていた。

その影響で牝の本音がダダ漏れになってしまう。

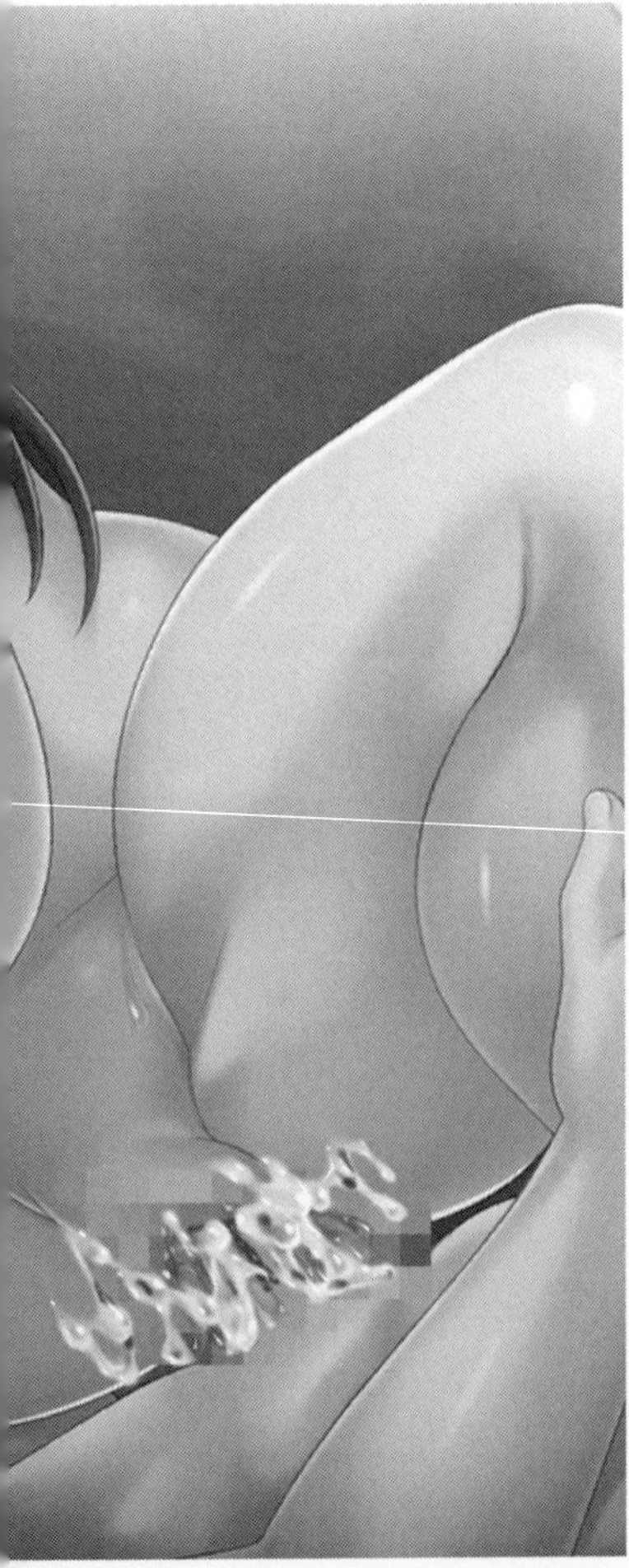

「あぁっ、凄いのぉっ、孕むぅっ、妊娠するぅっ、中で子種が暴れてイッちゃうぅっ！」

「まだまだお代わりはあるぞっ、これでフリーダは俺のモノだっ」

「気持ちよすぎてもう二度とチンポに逆らえない牝マンコになるしかないってこれぇ！」

「どうだっ、俺専用孕ませマゾマンコになったかっ」

「あひぃ、なっちゃったぁっ、あたしは種婿どの専用孕ませマゾマンコなのぉおぉっ！」

絶頂の快感に翻弄されて髪を振り乱していた。

程なく、糸が切れた人形のように種婿の胸元に倒れ込む。

「ふはぁ、あぁ、腹の中を子種で満たされる充実感って最高だなっ、牝の幸せだよっ！」

「よかったじゃないの。これからはいくらでも味わうことができるんだからさ」

「あふぅ、まったくだ。んく、種婿どののおかげだな。まだ痺れてる、余韻が凄い♪」

「いいねぇ、もっと媚びてみなよ」

勝ち気なオーガがチン負けして可愛くなった姿を見てみたかった。

種婿にしてみれば女を堕とした実感とともにちょっとした勝利気分を味わえる。

「くふふ、種婿どのはいじめっ子なんだな」

「可愛い女の子にちょっかい出したくなるのは否定しないな」

「オッケー、あたしはもうチンポにベタ惚れの逆らえない身だ」

汗ばんで紅潮した欲情顔でチロリと唇を舐めた。

種婿のわがままはフリーダにとって被虐欲を刺激する要求なのは間違いない。

「あふぅ、孕みたがりマゾマンコに特濃子種をご馳走してくれたお礼させてくれ♪」

「んじゃエロ可愛い子になったフリーダも、ハルハルちゃんとインパルさんの仲間ね」

「それってつまり？」

「二十四時間体制の俺専用性欲処理係に任命するっ」

「あぁん、悦んで♪　この素敵な絶倫チンポのためなら肉便器だって役得だもんな♪」

野卑な笑みに、淫蕩な牝の悦楽がしっかりと加わっていた。

少年の肉棒はかつてないほど絶好調だ。

自慰行為のときは数発発射したらしゅんと鎮まっていた。

それが、今はまるで萎える気配がない。

目の前に孕まし甲斐のある魅力的な女性がいると牡の本能が刺激されるからだろう。

オーガ娘のフリーダも、目を爛々とさせながら興奮している。

「はぁ、もっとっ、もっとだっ、あたしの身体でいっぱい気持ちよくなってくれっ！」

フリーダに当てられたのかインパルも明らかに欲情している様子だ。

「それはこっちも同じよっ、チンポは一本なんだから独り占めは慎んでもらわないとっ」

そしてハルハルにいたってはもう完全に理性が飛んでいるとしか思えない目つきだ。

「次は私ぃっ、あぁん、順番なら私に中出しでしょ、種婿どの焦らしちゃイヤぁっ！」

みんながヤリ足りないと性欲をみなぎらせている。

それぞれ趣《おもむき》の違う巨乳美少女に子種を求められて、少年も欲望を隠さない。

今こそ念願のハーレムチャンスとばかり、みんなまとめて可愛がってやることにする。

「よし、三人とも仲良くベッドの上に並ぶんだっ」

肉棒を見せびらかすように振るいながら命令する。

ハルハルもインパルもフリーダも、みんな紅潮したまま いそいそと従った。

三人が川の字で並んで股間を開くと、種婿はそのままハルハルに挿入する。

「おらぁっ、どうだっ！」

「あぁんっ、いいっ、ズンッって奥までチンポがぁっ、これ大好きですぅっ、あはぁっ！」

インターバルが焦らしタイムになっていたようで、媚肉が早速絡みついてきた。

ハルハルの膣腔が少年の男根で埋め尽くされると、左右から淫らな声が上がる。

「もう、こっちにも早くくださいぃっ、お願いよっ、種婿どのぉっ！」

「あたしだってガマンできないぞっ、なあ、いっぱい犯してくれよぉっ！」

「もちろん、ふたりともちゃんと遊んでやるっての」

左右の手で、それぞれ膣穴を指でかき回してやる。

中出し済みの精液を粘膜に塗り込めるように、指の本数も増やしていく。

「あっ、あぁっ、ソコいいぃっ、上手よっ、あぁんっ！」

「インパルさんったら、あっという間に恥ずかしいところを開発されちゃったな」

「くぅっ、中とクリを同時にくすぐってくるなんて♪　あはぁっ、たまらないぞっ！」

「フリーダも、ますます身体が淫乱な牝になっていくぞ」

　ダークエルフとオーガの少女は、破瓜の血が残る秘窟を責められて喘ぐばかりだ。ハーフエルフの少女も、膣穴を男根で埋め尽くされる快感に酔いしれている。

　挿入されただけで気が遠くなりそうなくらい感じてしまっているのだ。

「あぁん、動いてくださいぃっ、ズンズン突いてまた中出しお願いしますぅっ！」

「ウネウネって蠕動して、チンポ貪りたくてたまらないって露骨な反応してるよ」

「それはもう種婿どのにチンポにウソがつ

けない身体にされてしまいましたからぁ♪」

ハルハルが甘い声で媚びてみせると、インパルも痴態を披露する。

「いっぱい気持ちよくしてぇ、発情マンコが勝手におねだり始めて恥ずかしいですっ！」

「あたしのクリがチンポみたいに硬くなってるのも、種婿どのならわかるよな？」

「もちろん、俺に弄ってもらいたいっておねだりだろ」

種婿はみんなが派手に喘ぎ声をあげる姿をまたジックリ観察させてもらう腹づもりだ。

昂ぶる一方の牡の獣欲に身を委ねて、思うままに牝肉を堪能していく。

たちまち三種類の甲高い嬌声が響きだした。

「あひっ、うれしいっ、ハルハルマンコでいっぱい気持ちよくなってくださいっ！」

「この奥にいっぱい俺の子種を出してあげたけど、自分では妊娠したと思う？」

「もちろんですっ、子宮が甘く痺れてすっごく幸せですからっ、あひっ、あはぁっ！」

「そっちのふたりは？」

ニヤニヤ笑いながら指先に力を込めて、膣内を強く刺激する。

今まで感じたことのない充実感で蕩けているインパルがうれしげに答える。

「あっ、あぁっ、これはもう絶対に孕みマンコかとぉ♪」

「あぁん、あたしの身体もチンポに屈服させられたってのは本能で感じてるし♪」

「ふっふっふっ、つまり三人は完璧に俺のモノになったってことかっ」

牡の支配欲がくすぐられるというものだった。

所有物にされた側が幸せそうに喘いでいることも種婿を興奮させる。

ハルハルが肉棒を締め付けながら、うっとりと彼を見上げている。

「そうでぇすっ、種婿どのに孕まされた証に元気な赤ちゃん産んでみせますっ！」

「召喚魔法の検索に該当した時点で、とても優秀な牡なのは間違いないですからねっ！」

「あたしらが種婿どのに逆らえないのは身も心もあんたにベタ惚れだからだぞっ！」

目の前の三人はもちろん、彼を出迎えてくれた女性たちはみんな個性的だった。

それぞれ可愛かったり美人だったりエロエロだったりと最高の種付け対象だ。

「チンポ激しいですっ、孕ませたくてたまらないって思われるのはとても光栄ですっ！」

「そりゃ素直に慕ってくれる可愛い子は自分のモノにして孕ませたくなるよ」

「はぁ、あぁ、では私も種婿どのにしてみれば可愛いの範囲だと？」

「妖艶な大人の女性が若造のチンポに甘えてくる姿が可愛くないわけがないですよっ」

「チンポほしさに男を押し倒すがさつなあたしも可愛いってか？　あふぅ、あぁっ！」

「それだって素直なことに変わりないだろ」

その上、フリーダはマゾっ娘なんてギャップ萌えも加わったのだからなおさらだ。

種婿の肉棒がさらに硬度を増すと、ハルハルが敏感に反応する。

「あひっ、太くて硬いっ、いっぱいかき回されてますます好きになっちゃいますっ！」

「俺もハルハルちゃんの生マンコ大好きだぞっ」

「チンポ素敵ぃ、種婿どのぉ、妊娠してからも私を性欲処理に使ってくださいっ！」

ハルハルが懇願すると、となりのインパルもまた明け透けなおねだりを口にする。

「いっぱい産みますぅっ、なんどでも種付けしてくれてかまいませんっ！」

「そりゃありがたいな。俺だってセックスは孕ますだけが目的じゃないしな」

「あぁん、つまりぃ、女を好き勝手に弄《もてあそ》びたい気持ちもあるってことだよな？」

「そりゃ普通にあるよ。孤島のハーレム王も同然なら遠慮するだけもったいないし」

日本の倫理観が及ばない異世界なら、現地の流儀に従うまでだ。

ハルハルも種婿の言葉に肯定的だ。

「遠慮する必要なんてありませぇん、あひっ、どんな要求でも応えてみせますぅ♪」

「へへ、おっぱいが大きくて可愛い子がなんでもしますなんて大変なことになるぞ」

好色な欲望を隠そうともしない少年に、インパルが好色な笑みで答える。

「それこそ望むところ、種婿どのの素敵なチンポにはそれだけの価値がありますぅっ！」

「男はけっこう乱暴なのが好きって聞くしっ、あたしならいくらでもオッケーだっ！」

「そりゃマゾマンコのフリーダならオッケーだろうな」

少年がオーガ娘への加虐欲を示すと、すかさずハルハルがアピールする。

「私だって種婿どのが望むなら痛いのでも恥ずかしいのでも好きになってみせまぁす♪」

「ハルハルちゃんったら根がドスケベだし、なにをやらせても面白そうだ」

初体験での乱れっぷりから察するに、そっち方面の素質もあるだろうと思われた。

さらにインパルも興味津々な体で話に乗ってくる。

「試しになにか命令してくださいっ、ちゃんと期待に応えて見せますよっ！」

「じゃあこの家の外に聞こえるくらい大きな声でみんな素直な本音を叫んでみようか」

「あふぅ、ほ、本音って？」

フリーダが小首をかしげると、種婿はさらに意地の悪い笑みを浮かべた。

「そりゃ乙女から牝に変わったことで自分が一番好きになったモノに決まってるだろっ」

興奮して敏感になっている三人の媚肉をこれでもかと刺激してやる。

剛直で突き上げられているハルハルが真っ先に声をあげてしまう。

「奥に響きますっ、チンポがっ、これ好きっ、ハルハルはチンポが大好きですぅっ！」

「ほらほら、左右のふたりも大きな声で教えてあげようねっ」

「私もチンポが大好きですっ、処女マンコを牝にしてもらったチンポの虜ですぅっ！」

「みんなっ、チンポはいいぞぉっ、孕まされる幸せを教えてくれるチンポ最高だっ！」

「よし、みんなよくできましたっ、ご褒美にまた派手にイカせてやるからなっ」

ちょっと前までは童貞だったとは思えないほど巧みに責めていく。

女体を手玉に取るのは、たまらなく興奮して楽しかった。

これこそハーレム遊びの醍醐味だなと、少年はラストスパートをかける。

「うれしいっ、また中出ししてもらえますっ、激しいっ、熱い精液またくださいっ！」

ハルハルがバツグンのフィットで締め付けてきた。

彼女は彼女で、さっきまで処女だったとは思えない極上の肉壺と化している。

「くぅっ、おおぉっ、凄いぞハルハルちゃんっ、きたきたっ、イキそうっ！」

もちろん左右の指責めも、とどめを刺しにかかっている。

膣腔を深々とほじくり返しながら、クリトリスも執拗にこね回している。

「あぁっ、あぁっ、こっちも凄いことにっ、あはぁ、私のオマンコがぁっ！」

「んひっ、性感帯を完全に把握されて好き勝手にされるのゾクゾクするぅっ！」

「あぁっ、熱いっ、チンポが震えてるっ、脈動してますっ、特濃な子種がもうすぐっ！」

「はぁ、はぁっ、ハルハルちゃんおねだりだっ、牝らしく中出し乞いをしてみろっ」

尿道が熱く痺れてきて、睾丸が射精位置にせり上がる。

ハルハルは彼に求められるまま、素直に下卑たおねだりを叫んでみせる。

「あひっ、キンタマ直送の元気な子種をハルハルマンコに注ぎ込んでくださいっ！」

「次は私にっ、あぁっ、屈服孕みマンコに子種ミルクで餌付けしてほしいですぅっ！」

「ずるいぞ、あたしだってほしいっ、専属肉便器マンコにもチンポ汁おねがいだっ！」

「もう可愛いったらないな、ご褒美に出してやるからみんな仲よく牝鳴きしろっ！」

「あぁっ、チンポっ、くるっ、暴れてるっ、かき回されてるぅっ、もう限界ぃっ！」

ハルハルがベッドのシーツを握りしめると同時、膣奥に子種がぶちまけられた。

「イッくううぅっ、あぁっ、熱いの感じるぅ、ドピュドピュ気持ちいいぃっ！」

「うおおぉっ、くはっ、やっぱ中出し最高だっ、とっても爽快でたまらないぜっ」

種婿の射精にあわせてハルハルが絶頂している。

そして彼女の両隣でも淫らなアクメ声が大きく響いていた。

「あああぁっ、凄いぃっ、私ったら簡単にイカされちゃいましたぁ♪　ふおぉおぉっ！」

「あぁんっ、イッちゃってるぅっ、ビリビリくるっ、クリが勝手に痙攣しちゃううぅっ！」

褐色の裸体が艶めかしくくねり、筋肉質の肢体が絶頂の痙攣を繰り返している。

三人同時に絶頂させたことで、彼は得意顔だ。

「どうだハルハルちゃんっ、お代わりのタップリ子種ミルクのご感想はっ！」

「子宮がトロトロにされちゃいますっ、気持ちよすぎて極楽マンコになっちゃううぅっ！」

「おう、そうだねっ、イキまくってヒクヒク痙攣してる粘膜がチンポに極楽だよっ」

「イクの止まらないぃっ、チンポ素敵ぃっ、中出し子種ミルク最高ですっ、ああぁっ！」

熱い精液が奥の奥まで染み込んでくる感覚にすっかり魅了されていた。

連続アクメのまっただ中で、ハルハルは自分が牝に生まれた悦びを噛みしめる。

「ふはぁ、あぁ……っ、気持ちよすぎて頭がバカになっちゃいそうですぅ、あはぁ♪」

「生ハメの中出しってさ、オナニーにはない達成感があるな」

可愛い女の子を好き勝手に孕ませるのが楽しすぎて病みつきになりそうだった。

異世界召喚に協力したインパルにしても彼がやる気満々なのは願ったり叶ったりだ。

「あふぅ、種婿どのは心の赴くままに私たちで種付けをお楽しみくださぁい♪」

「チンポはまだまだ元気なんだろ。次はあたしの中で思いっきり愉しんでくれよぉ♪」

「もちろんヤルさ。けどみんなのことすっかり気にいちゃったから目移りするんだよね」

ノリノリでちやほやしてくれるおっぱい美人がよってたかっておねだりしてくる。

男ならこれでテンションが上がらないわけがない。

種婿はこれでもかと調子づく。

「よしっ、一番大きな声で露骨なチンポねだりができた子に挿れてあげるぞっ」

「もっとくださいっ、ハルハルマンコに元気で素敵なチンポ挿れてくださいぃっ！」

「あなたは今お慈悲をもらったばかりでしょっ、次は私っ、インパルマンコにチンポミルクお願いですぅっ！」

「焦らさないでくれよぉっ、あぁん、チンポくれぇっ、大好きなんだっ、チンポっ、チンポぉおぉん！」

三人三様の媚態に肉棒がますます硬く反り返る。

このあとはみんなが失神するまでヤリにヤリまくった。

# 第二章　散策で種付け

種婿が気がつくと次の日になっていた。

どうやら夕べの4Pでヤリ疲れて寝落ちしていたらしい。

先に起きていたハルハルたちは仕事があるからと、すでに身支度を調えていた。

朝食の準備も整っていて、テーブルの上からいい香りが漂っている。

「どうせなら、みんなと一緒に朝ご飯を食べたかったたな」

「あんたがいつまでもぐーすか寝てんのが悪いんだろ」

「くす、あんまり気持ちよさそうに寝ていたから、起こすのも忍びなくて」

フリーダとインパルはからかうような笑みを浮かべつつ、仕事に向かう。

ハルハルが出がけに提案してきた。

「よかったら今日は村を回って、ほかの子種待ちしてる子と愉しんできたらどうでしょ」

「そうだな、特にやることもないし」

この村で種婿に求められているものは子作りだけだった。

ほかの仕事をするくらいなら、ひとりでも多くの女性と関係を持つべきだといわれている。

彼としてもはなから勤労意欲なんてものはない。
ハルハルの勧めに従って村を散策することにした。
まだ土地勘がないので、とりあえず道なりに歩く。
今日も天気がよくて散歩びよりだ。
ほどほどに人の手が加えられている草木に石造りの家がまばらに建っている。
地面は舗装されておらず、踏み固められた土が剥き出しだ。
種婿の印象では西欧の田舎あたりの風景が近い気がする。
時間帯のせいか、今のところほかの住人の姿は見えない。
「さって、あのとき俺を出迎えてくれた人たちはどこにいるのかな〜」
考えてみたら自己紹介すらしていなかった。
ハルハルの巨乳に目を奪われて、彼女のことしか考えられなくなっていたからだ。
ほどなく歩いていると、色気ムンムンなお姉さんが現れ優しげに声をかけてきた。
「あら、種婿どのじゃない」
昨日の出迎えにいた女性だった。
今はさすがに服を着ているが、紐のようなレオタードなので全裸とあまり大差がない。
エルフほどではないが尖った耳と、背中に小さなコウモリの羽が生えていた。
彼の知識に該当するのは、いわゆる女悪魔だろう。

種婿は彼女の豊満な胸の谷間に視線を吸い寄せられつつ、ぺこりと頭を下げる。

「どうも、こんにちは」

「昨日はだいぶお楽しみだったわね。牝の喘ぎ声が外まで響いて凄かったわよ」

「ははは、やっぱそうでした？　俺も初めてだったから、つい張り切っちゃいました」

「クス、ハルハルたちから聞いたわよ。とっても素敵だったらしいじゃない」

どうやら早くも女性陣で情報共有がなされているようだ。

少年にしても、別段隠すことはないので素直に答える。

「みんな身体の相性がとってもよかったみたいでラッキーでした」

「その辺とっても興味があるわ。詳しく聞かせてくれる？」

「聞くだけでいいんですか？」

意味ありげな笑みを向けた。

たちまち彼女はぽってりした口唇にチロリと舌を這わせ扇情的な目つきになる。

「もちろん直接身体に教えてくれてもいいのよ？」

「いや最初からそのつもりで俺のこと探してたでしょ。そんな顔をしてますよ」

「あらわかる？　実はそうなの、もう夕べから身体が夜泣きしてたまらなかったわ」

自分の身体を抱きしめるように巨乳を持ち上げながら、わざとらしくしなを作った。

それでなくても扇情的な格好をしているのに、牝の色香がさらに濃厚になる。

「うふふ、素直におねだりしたら中出ししてくれるんだっけ。えっと、それじゃ……」

身をすり寄せ種婿の腕を取ると胸の谷間で挟む。

彼の耳元で、ねっとりとささやく。

「私は淫魔のバルボーラよ。男と縁がなかったおかげでこの歳まで処女なのよね」

「えっ、処女！　経験豊富なエロサキュバスにしか見えませんよっ」

「だから私の処女マンコに本物の男ってヤツをしっかり教えて、あなた専用の孕みマンコにしてちょうだい♪」

「もう、エッチなお姉さんったら仕方ないな～」

淫魔と名乗るからには最高に男好きする身体をしているはずだ。

これは期待が持てると彼の肉棒は一気にフルサイズまで膨張する。

「バルボーラさん、そこの壁に両手をついてくださいよ」

「あぁん、まさか立ったまま？　種婿どのってワイルドなのねぇっ」

「これくらいのわがまま、もちろん聞いてくれますよね」

こと種付け目的なら自重する気はまるでない。

村民なら彼に全面協力してくれるとなればなおさらだ。

バルボーラの片足を抱え込み、股間の股布を横にずらせば秘裂は丸見えになる。

切っ先を膣口にあてがうと、問答無用で挿入していく。

「あぁっ、んひっ、あっ、あっ、硬いのが入ってくるぅっ！」

「なにもしてないのにグッショリ濡れてるなんて、かなりのドスケベマンコですね」

「あぁん、絶好の妊娠チャンスだって身体が理解しているからよ、チンポ凄いぃっ！」

種婿の強引な結合に対して、彼女の拒絶感はゼロだ。

むしろ嬉々として挿入を悦び、破瓜の痛みさえ恍惚と受け止めている。

膣肉の吸い付き加減も絶妙で、的確に肉棒の性感帯を刺激していた。

「くうぅ、バルボーラさんったらホントにこれが初めて？」

「はぁ、あぁっ、そう聞いてくるってことはよっぽど気持ちいいのね。うれしいわ♪」

本来であれば淫らなテクニックで男を魅了するのが淫魔だ。

だが彼女の場合、肝心の男が不在だったためそんな技術を身につける機会がなかった。

「これって実は肉体的な反射でしかないのよね、あはぁんっ」

「自然な反応でこれなら、意図的なテクを身につけたら凄いことになりそうだ」

軽く腰を揺すって肉棒と媚肉を馴染ませにかかる。

天賦の名器なのか彼女の膣壁は高級オナホ顔負けのしっとりと吸い付いてくる質感だ。

「俺としてはバルボーラさんの今後にメッチャ期待しちゃいますよっ」

「あぁ、あふぅ、任せてぇ♪　だから遠慮しないで好きなだけ激しくしていいわっ！」

「いわれるまでもない。まずは付け根までズッポリ呑み込んでもらいますよっ」

「あっ、あっ、ヌルぅって奥に入ってくるわ、いいぃ、とっても責められてる感がっ！」

　腰を押しつけていくと膣腔が縦に引き延ばされていく感触が肉棒に伝わってくる。バルボーラはうっとりと挿入される快楽を味わっていた。

「そ、ソコぉ、行き止まりぃっ、あっさり埋め尽くされちゃったわ、チンポ凄いぃ♪」

「まだもうちょい余ってるんですよ。きっちり残りも受け入れてもらいますからねっ」

「そうなの？　いいわ♪　さあグッときて処女マンコをあなたの形に馴染ませてぇ♪」

「じゃあ、一気にいきます。せぇのっ！」

　ズンッと猛々しい肉ヤリで脳天まで貫かれたような衝撃に女体が首を仰け反らせる。

　処女地を限界いっぱいまで埋め尽くさ

れる充足感に彼女は嬌声を抑えきれない。

「あぁんっ！　くはっ、大きいぃ、深いのぉ♪　これが牝にされる感覚なのねぇっ！」

「この反応からすると痛かったり苦しかったりはないですよね」

「もちろんよぉ、とっても感動しちゃってるっ、私もどんどん興奮してきちゃうぅっ！」

「生まれて初めてのチンポの味わいは、そんなに気に入りました？」

肉棒で牝を虜にし、進んで隷属を決意させることに下卑た興奮を覚えてしまう。

そして、たくましい牡の所有物にされる興奮を隠そうともしないのがバルボーラだ。

「たまらないわっ、これはもう絶対あなた専用孕みマンコになるしかないわっ！」

「だったら淫魔らしいドエロ牝穴奉仕をお願いしますっ。本能でどうにかなるでしょ」

「うふふ、その挑戦受けるわ。あんまりお姉さんを甘く見てるとやけどするわよ？」

「それこそ褒美じゃないですか。キンタマが空っぽになるまで絞り尽くしてくださいっ」

「たっぷり中出しさせてあげる♪　さあ、いくわよっ！」

種娼の欲望本意な動きにあわせてバルボーラが艶めかしく腰をくねらせ始めた。

肉感的な巨乳美女だけあって、初めてとは思えない淫蕩なフェロモンが色濃くなる。

「私の中をズボズボされるたびに、あひっ、コツコツ奥に当たって、あぁんっ！」

「初々しさの欠片もないチンポ扱きですねっ、処女マンコなのにいきなりこれですか〜」

膣腔が緊張している様子もなく、楽しげに肉棒を締め付けていた。

処女でありながら娼婦の包容力を持ちあわせているなんて、ある意味、男の夢と理想が詰まった女ともいえる。

少年は素直に感心する。

「さすが淫魔の身体はチンポのスペシャリストっ、ますます勃起しちゃいますっ」

「あぁん、そうねっ、大きくなったのがわかるわっ、はち切れそうっ、あぁっ！」

彼が腰を振るたびに、カリ首が膣内の性感帯を的確に引っかいていた。

バルボーラもまた、なるほどと得心する。

「はぁ、あふぅ、チンポは女を悦ばせる形をしてるって話は本当なのね♪」

「そんなのお互い様ですっ、粘膜の細かいヒダが擦れてチンポが熱くなる一方だっ」

種婿も興奮と快感で息が荒い。

年下の少年が自分の身体で悦んでいるとなると、淫魔としてはさらに淫技の熱が入る。

「こんな感じだと気持ちいい？　しっかり包み込みながら裏筋のあたりを……っ」

「うおぉおぉっ、凄いっ、器用ですねっ、違う部分を同時に締め付けてきますよっ」

「あぁんっ、でもチンポが悦ぶと逆にこっちの感じる部分にますます当たるようにっ」

責めれば責めるほど自爆にしかならない。

もちろん彼女にしてみれば、それすらも望むところだ。

「バルボーラさんの牝穴奉仕とっても気持ちいいですっ、最後まで続けてくださいっ」

「あひっ、もうしょうがないわね、男に求められて応えなかったら淫魔が廃るわ♪」

男の好みにあわせた的確な締め付けのまま、肉棒をリズミカルに扱きだす。

種婿の腰振りと完全にタイミングがあっているため、抽挿の快感は増すばかりだ。

「ほ〜ら、チンポをシコシコシコシコぉ♪　あひっ、チンポシコシコシコシコぉ♪」

「クセになりそうな淫魔テクですっ、凄いよっ、こうなったらお礼しないとねっ」

下腹に力を込めて肉棒に意識を集中する。

狙うのは最奥の子宮口だ。

「あぁっ、そんな急に激しくっ、あひっ、それに奥ばっか突かれたらっ、あぁぁんっ！」

「絶対に孕ませてあげたくなったから、まずはしっかり子宮を可愛がってあげますっ」

「牝穴奉仕どころじゃないわっ、逆に躾《しつ》けられちゃうぅっ、チンポに弄《もてあそ》ばれちゃうぅっ！」

「へへ、可愛いなぁっ、エロマンコごと俺のモノにしてあげますっ、ボテ腹淫魔にねっ」

牡の本能を刺激する牝への種付けだけあって、男根がこれでもかと荒ぶっていた。

種婿がこれでもかと腰を打ち付ける。

処女淫魔は乳首を勃起させた巨乳を派手に揺らしながら嬌声をあげてしまう。

「あんっ、痺れるぅ、蕩けちゃうぅっ、凄いわっ、あぁん、チンポに抵抗できないっ！」

「好きなだけ味わってたら、そのうち慣れて淫魔テクを振る舞う余裕も出てきますって」

「んはっ、あぁぁっ、慣れるころには感じすぎて私が私じゃなくなってそうっ」

牝の快感があまりに大きすぎて、理性なんて簡単に吹き飛んでしまいそうだった。

男根のことしか考えられない生きてるオナホ淫魔に変えられるのは時間の問題だ。

「バルボーラさんなら生体オナホになってても毎日ちゃんと性欲処理に使ってあげますよ」

「ふあっ、うれしいわっ、いっぱい使っててっ、いくらでもチンポで愉しんでぇっ！」

度重なる抽挿によって、もう余裕で肉棒は付け根まで呑み込めるようになっていた。

すでに膣内は種婿の逸物の形を完璧に覚えている。

男知らずの処女マンコが短時間で強引に躾けられてしまった。

「あぁん、立派なカリ首が素敵っ、もっと突いてっ、あなた専用の中出しマンコよっ！」

「感度もバッチリみたいですね。こりゃいいっ、甘えるように吸い付いてくるっ」

こうなるとさらなる欲が出てきた。

バルボーラがエロ可愛く乱れる姿が見てみたくなる。

少年の腰振りは激しさを増すばかりだ。

「種婿どのったらなんて意地悪なのっ、でもそこがいいっ、好みのタイプよぉっ！」

「いくらでも中出ししますよっ、バルボーラさんも好きなだけ孕んでくださいねっ」

「男を手玉に取るはずの淫魔が逆に肉便器孕み奴隷にされちゃうのも乙なものねぇ♪」

あまりに気持ちよすぎて倫理観の欠片もない牝の本音がだだ漏れになってしまう。

元からあった妊娠願望は淫蕩な気質ととても相性がよかった。

「チンポ好きのエロエロお姉さんだってことだけはしっかり伝わってますよっ」

「そうよ、想像以上にチンポがよすぎて処女マンコでドハマリしちゃったのぉっ！」

「グチョグチョのヌルヌルでチンポがふやけちゃってもおかしくないなこりゃ」

「チンポが美味しいってダラダラあふれちゃう食いしん坊マンコなのぉっ、あひぃっ！」

女体の全身を駆け巡る快感が飽和して、たまらず石壁を爪で引っかいてしまう。

巨乳淫魔が悶える姿に射精欲の昂ぶりを覚えた少年はラストスパートをかけた。

「チンポでこれなら本命の子種を味わったらバルボーラさんどうなっちゃうのかな～？」

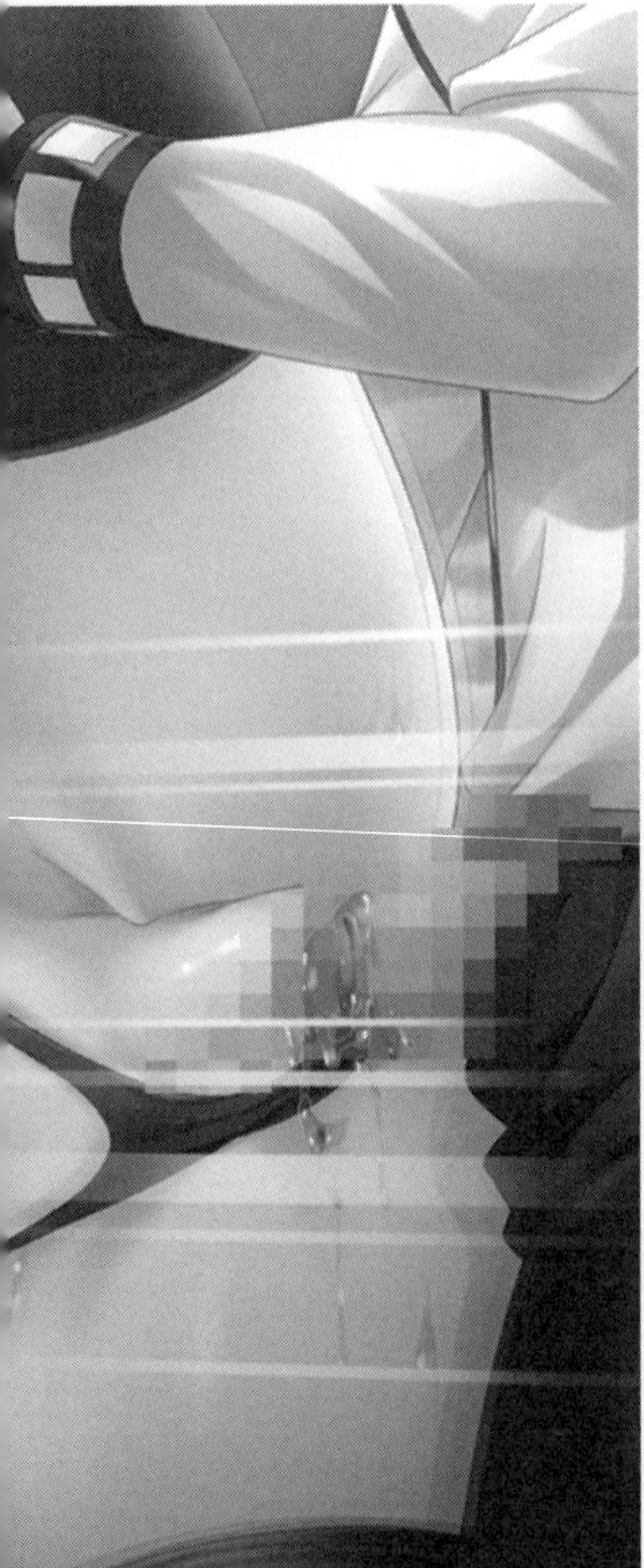

「いいわっ、もうどうにでもしてぇっ、チンポのためならなんだってしちゃうぅっ！」

「じゃあ実際に中出し実験だっ、いきますよっ、ほらほらチンポがイッちゃいそうっ」

「奥を狙われてるぅっ、孕まそうとしてるっ、いいっ、いっぱい精子だしてぇっ！」

子宮口を突き上げられるたびに、脳内で光りが瞬き頭が壊れてしまいそうだった。

もう脳裏に浮かぶのは、種婿の男根のみ。

膣内の肉棒は大きく脈動し、濃厚な精液を放つと同時に彼女も絶頂した。

「イッくううぅっ、あひっ、感じるぅっ、精子があふれてるっ、あっ、あぁぁっ！」

「くうぅっ、どうだっ、これが孕まされる快感ですよっ、ほらっ、もっと味わってっ！」

「あぁん、これが中出しなのねっ、蕩けるぅっ、こってりチンポミルク凄いのぉっ！」

「おっ、おっ、おねだりの締め付けが止まらないですっ、なんて淫乱マンコなんだっ」

欲情した粘膜に染み込んでくる精液によってバルボーラは絶頂を繰り返す。

まるで強いアルコールのような灼きつく熱さに子宮が痺れてしまう。

種婿の肉棒は絶好調で、大量の精液をなんども勢いよく噴出する。

「ほらお代わりだっ、孕めっ、もうこの子宮は俺のモノですっ、受精しろっ！」

「またイクぅっ、種婿どののモノにされちゃったわっ、あひぃっ、気持ちいいぃっ！」

「はぁ、うあっ、バルボーラさんにとって最高のチンポだろっ」

「エッチも上手いし種婿どのに孕まされるのってなんて幸せなのぉっ！」

「くうっ、これからもどんどん孕ませてあげますからねっ」

「うれしいわっ、淫魔マンコはこれからずっと種婿どののモノよっ、イッくうぅっ！」

バルボーラの下腹部から内股にかけてさざ波のような痙攣《けいれん》が走っている。

満ち足りた嬌声は、この場だけではなく、その後もなんども周囲に響き渡った。

淫魔の秘窟を気に入った種婿が、欲望のままなんども犯し続けたからだ。


ヘロヘロになった彼女がようやく解放されたのは、小一時間ほど経ってから。

絶頂のしすぎで失神してしまったバルボーラとは裏腹に種婿は疲れた気配がない。

上機嫌な鼻歌交じりに、また村の中を散策する。

ほかの子たちの家を知らないから偶然のエンカウントするのを期待するしかない。

しばらく歩いていたら川沿いの道にでた。

耳を澄ませると黄色い声が聞こえてくる。

「なんだか楽しそうだな。なにをしてるんだろ」

興味を引かれて近づいてみると、どうやら魚取りをしているようだった。

女の子が三人組でがんばっている。

小ぶりな角と耳、それに特徴的な尻尾から牛獣人と思われる少女が川下で手を上げる。

「こっちの網はオッケーだよ～」

「んじゃ川上でジャブジャブやるね」

犬耳と犬尻尾の少女が、元気よく応える。

葉っぱが付いたままの一メートルほどある木の枝を勢いよく水面にたたきつけ出した。

「なんだろ、あれ」

「あら、こんにちは。あれは葉に水に溶けやすい毒があって魚を痺れさせるの」

三人目の少女が種婿に気づき、声をかけてきた。

彼女はほかのふたりと違い、外見上にこれといった異世界ならではの特徴がない。

普通に種婿と同じ人間種だ。

「あ～、麻痺してプカプカ浮かんできたやつを川下の網で回収するのか」

「そのとおり。私はプラッタよ、よろしくね。種婿さんはお散歩かな？」

「ええ、ついでに村のみんなに挨拶でもと思いまして」

「なるほど。ふたりとも～、手を休めて集合～」

三人の中ではリーダー格なのか彼女が声をかけると、すぐにふたりはこちらに気づいた。

みんな巨乳揃いの少女の中でもひときわサイズの大きい牛獣人娘が笑顔を浮かべる。

「……わ、いつの間にか種婿どのが。もしかして、もしかかな♪」

「こんにちは～。なんだか種婿どのからバルボーラのイヤらしい匂いがするね」

犬獣人娘がクンクンと鼻を鳴らしながら近づいてくる。

人間種の少女が種婿よりも少し年上で、ほかのふたりは同年代に見えた。

妖艶な大人の女性だったバルボーラに比べて、少女らしい健康的な色気を強く感じる。

「よう、仕事の邪魔だったかな」

「全然問題なしだよ種婿どの。魚捕りはそんなに急ぐ必要もないから」

「それで種婿どのはどうしたの。へへ、ボクたちと遊びたいなら時間の余裕はあるよ♪」

「フッフッフッ、仕事が大丈夫なら俺も自重しないぜ。ポロンッとな」

おもむろにズボンをズリ下げて股間を見せつけるように露出してやる。

途端に三人とも恥ずかしそうに赤くなった。

もっとも肉棒への興味は隠し切れていない。

人間種と牛獣人の少女は初めて目にする男性器の勃起をチラチラと見ている。

「あら～、い、いきなりね種婿さんったら。べつにかまわないけど」

「うん、まあ、こっちはそのために来てもらったんだしね」

「うわぁ……それ勃起ってやつだよね。見てるだけで変な気分になりそう」

犬獣人娘はガン見だった。

しゃがみ込んで間近で肉棒から玉袋を楽しそうに観察している。

種婿は堂々と腰に手をやって、男根を見せびらかす。

コレを味わった女の子たちが狂ったようにイキまくった実績が自信の根源だ。

「みんなも牝の快感を知りたいかな？」

「それはもう♪　さっきからドキドキが凄いことになってるの♪」

「じゃあチンポがほしい子は俺を出迎えてくれたときのようにスッポンポンになろうか」

「オッケ〜！　この場でそのままやるんだね」

人間種と犬獣人のふたりはやたらとノリノリだ。

恥じらいつつもエッチに積極的な姿勢に少年はそそられた。

ホルスタインみたいなおっぱいをした女の子も思い切りがいいらしい。

すぐさま衣服を脱ぎ捨てる。

「はいっ、脱いだわっ、私が一番ね♪」

「はやっ」

これには種婿も目を丸くした。

残りのふたりも慌てて衣服を脱いでいく。

「やだ、出遅れちゃった」

「普段は引っ込み思案でおっとりしてるくせに〜。実はむっつりスケベだったんだな」

「種婿どの、私の名前はエウロよ。実はおっぱいにはちょっと自信があるの♪」

やる気満々で彼に身体をすり寄せてきた。

ひと目でわかるほど乳首が勃起している。

　すると負けてなるものかと、犬獣人と人間種のふたりも鼻息を荒くする。

「はいっ、ボクはサーボだよっ、服も脱いだし、だからオチンチンボクにも挿れてね♪」

「種婿さんなら三人いっしょでもいけるでしょ。期待してるから♪」

「いいだろう。みんなまとめて俺色に染めてやるっ、いっぱい可愛がってあげるからっ」

　まずはエウロから孕ませにかかる。

　種婿が地面に腰を下ろし、エウロを手招きした。

「自分から跨がって、チンポを受け入れてみようか。俺に処女を捧げるようにさ」

「私に上手くできるかな？　えっと、こんな感じだよね　オマンコに当ててから……」

「そうだ、ますはゆっくり腰を下ろしてくればいいよ。焦らずに、そのままだ」

「くうぅっ、熱くて硬いのがぁっ、すごぉいっ、アソコがメリメリなってるぅっ♪」

まさに初めて味わう男根の感触にエウロをは感動していた。

しっかり潤っている膣腔が肉棒を呑み込んでいく。

「そこはちゃんと処女マンコが牝マンコに躾けられてるって正確にいってほしいなぁ」

「はぁい♪　くはっ、私の処女マンコが牝マンコに躾けられて、あ、あ、あぁんっ！」

エウロが歓喜の声をあげるたびに、傍らの少女たちも興奮を覚える。

「とってもうれしそうね。私のときが楽しみ♪」

「ねぇ、オチンチンってどんな感じ？」

犬獣人娘のサーボは自分の番が待ちきれないとばかり、問いかけた。

「とっても素敵で、これ完璧に妊娠しちゃうってのが本能でわかっちゃうわ～♪」

「だろ？　エウロは俺のモノになるんだ。新鮮な子種が最高のご褒美になる牝になっ」

「わかるわっ、だって幸せな気持ちがどんどん大きくなってくるのぉ♪」

挿入感を心から愉しんでいる様子だった。

エウロは肉棒を受け入れたまま、切なげにモジモジと尻を振る。

「あふぅ、おっぱいが張ってきたぁっ、ねぇ、種婿どのぉ、チュウチュウ吸ってぇっ！」

「うん？　こうかな？」

なんだかわからないが、乞われるままに乳首に吸い付いた。

途端に、彼に口内にほんのりと甘いミルクの味が広がる。

「ふわわっ！　おっぱいがジンジン痺れて気持ちいいぃ、吸ってぇ、もっとぉ♪」

「おおっ、チュルルゥッ、さすが牛獣人っ、ホルスタインかよっ」

「普段よりいっぱい出てくるっ、チンポの刺激でおっぱいも元気になっちゃってるっ！」

どうやら牛獣人は妊娠していなくても母乳が出てくる体質らしい。

ただ、これほど簡単に出てくるのは珍しいようで、プラッタも感心している。

「へぇ、チンチンの影響って凄いんだ～」

「見てるだけでボクも興奮してきちゃう♪　やだ、乳首がビンビンにぃ……っ」

「凄いっ、すごぉいっ、あぁんっ、こんなの絶対病みつきになっちゃうっ！」

早くもエウロの喘ぎ声はどんどん艶めかしくなっていく。

少年も母乳を吸いながらの種付けセックスにたまらない興奮を覚える。

「うん、これってスゲェマニアックでハマりそうっ」

「じゃあ、私も妊娠したら母乳が出るとおもうから、授乳エッチでご奉仕するね♪」

「ボクもボクも～♪」

種婿の顔面に左右から乳房を押しつけていたプラッタとサーボも楽しそうだった。

エウロはすっかり身体に肉棒が馴染んだようで、自然に腰の動きが大胆になってくる。

淫らな熱を帯びた膣腔が積極的に男根を締め付けていた。

種婿もそろそろ大胆に処女肉を堪能してみたくなり、腰を動かし出す。

「突かれれば突かれるほど身体が蕩けてくるぅっ、これいいのぉっ、あっ、あぁんっ！」

「孕みたがっている身体には、チンポが最高のご馳走だもんな」

「チンポって凄いぃっ、あひっ、種婿どののことどんどん好きになっちゃうっ！」

「だろうね。初々しい締め付けがドスケベな絡みつきかたになってきたしな」

誰だって嫌われるよりも好かれるほうがいい。

巨乳少女にベタ惚れされるのを迷惑に感じる男もいない。

エウロからあけすけに好意を向けられて、種婿の鼻の下がだらしなく伸びるばかりだ。

深い部分まで肉棒で突き上げられるたびに、ズンと響く快感が子宮に走る。

「あはぁっ、気持ちいいっ、おっぱいがパンパンだよぉ、吸ってぇ、突いてぇっ！」

「母乳が詰まっているせいかエウロのおっぱいは水風船みたいな弾力があるな」

「揉んだり吸ったり絞ったりいっぱい遊んでね、あぁん、乳首に歯が当たってるっ！」

「おっと、痛かった？　ごめんな」

わびるように乳首をチロチロと舐めてやる。

エウロは身体をくねらせて、甘えるように蕩けた声を漏らした。

「違うのぉ、甘噛みみたいでビリビリ痺れただけぇ、私って激しいのが好きみたい♪」

「孕みたがりで発育のいい身体してるだけあって淫乱な変態気質みたいだなっ」

「そんなのこんな凄いチンポを知ったら牝なら目覚めちゃうってっ、あぁんっ！」

「俺のモノになったら肉便器としていつでも性欲処理に使われる運命になるんだけど？」

「あぁっ、あぁんっ、このチンポのためならこっちから志願したいくらいよっ！」

牝の本能が刺激されるのか、早くも精力にあふれた肉棒の虜になっていた。

エウロのおっとりした普段の姿を知っているだけに、プラッタは興味深げだ。

「あのエウロがねぇ、種婿さんのチンチンには魅了の魔法でもかかってるのかな」

「ますます楽しみになってきたっ、ボクおまたがムズムズしてきてガマンできないっ」

「そう焦るなって。ちゃんと確実に中出ししてあげるからさ」

みんな等しく孕ませまくってやるよと、抽挿のテンポを上げていく。

このままの勢いで、まずはエウロの中で射精するつもりだ。

「あんっ、激しくなってきたぁっ、種婿どのも興奮しているのねっ、あはぁっ！」

「全裸の女の子たちに抱きつかれてチンポねだりされたら誰だって興奮するってっ！」

「うふふ、じゃあチンチンちょうだぁい♪　私の処女は種婿さんのモノぉ♪」

「ほらほらおっぱいでプニプニねだりするから～♪　ボクを大人の牝にしてよ～♪」

「あぁあっ、中でもっと大きくなったぁっ、んひぃっ、種婿どのわかりやすすぎぃっ！」

「エウロもチンポねだりしてみてよ。じゃないと中断してほかの子に挿れちゃうぞっ」

ここで軽く意地悪を口にしてからかってみた。

たちまちエウロの締め付けが、露骨に媚びたものになる。

「それズルイィっ、あっ、あっ、途中でやめちゃイヤぁっ、最後までチンポしてぇっ！」

「いいぞっ、可愛いっ、もっとねだってて、変態エロ牝らしく露骨に具体的にっ」

「ふはっ、私の処女マンコはもうとっくにチンポの虜なのぉっ、チンポ大好きドスケベマンコよっ！　子宮が熱くて灼きつく寸前っ、もう孕みたくてたまらないっ、いっぱい子種だしてほしいっ！」

母乳たっぷりの巨乳を派手に弾ませながらのおねだりはかなり衝撃的だった。

種婿は支配欲を刺激されて、一刻も早く孕ませてやりたくなる。

射精欲がこみ上げてくると、肉棒の脈動も始まった。

「チンポが乱暴でズンズン響くっ、凄いっ、肉便器になるから孕ませてっ、あぁぁっ！」

「おおおっ、出すぞっ、これで好きなだけ孕めっ、エウロはボテ腹マンコになるんだっ」

深々と最後のひと突きで子宮を押し上げつつ、牡の欲望を解放する。

濃厚な精液の濁流は、牛獣人娘を一瞬で牝の絶頂へと追いやった。

「イクイクイクうぅぅっ！　凄いっ、幸せ中出しアクメぇえっ、あぁんっ！」

「くうぅっ、子宮にぶっかけるのって最高っ、これでエウロは俺のモノっ、くはぁっ！」

「もっと出してっ、種付けされちゃうぅっ、元気な子種が暴れてるのぉっ、あぁぁっ！」

エウロが牝の嬌声を響かせながら悶えアクメを繰り返していた。

親友が孕み牝に躾けられてしまう瞬間を目にしたプラッタは興奮で声をうわずらせる。

「うっわぁ～、中出しされると女の子はこんな感じになっちゃうのね～」

「いかにも牝の喘ぎ声って感じで、イヤらしい～」

サーボも胸の高鳴りが抑えきれないようで、秘裂から愛液を滴らせている。

「どうだっ、もっと出るぞっ、孕めっ、俺の子供を産ませてやるっ、おおぉっ！」

「あひんっ、あぁぁっ、孕んじゃうっ、妊娠マンコにされちゃうっ、イッくうぅっ！」

肉棒と精液の熱さがあわさって、今にも胎内から蕩けてしまいそうな気分だった。

中出しによって初々しさが抜けた極上の肉穴には、種婿も感心するばかりだ。

「へへ、発情マンコの熱さもかなりものんだぞ。これって孕んだ証じゃないかな？」

「あふぅ、きっとそうね♪　あはぁ、自分が妊娠したのってなんとなくわかるもの♪」

「やっぱり種婿さんて凄いんだ。あぁん、楽しみでしょうがないわ、次は私ね、私っ！」

「まって、ボクだってすぐに孕ませてほしいんだけどっ、絶対にガマンできないっ」

「だったらそうだね。ふたりまとめて孕ませてやるぞっ」

エウロの中にたっぷり精を放った直後でも肉棒は少しも萎える気配がない。

このままノンストップの連戦でも余裕でこなせる。

エウロは呼吸を荒くしたまま、彼の発言に首をかしげる。

「同時にってどうやって……え、まさか、チンポって何本も生えてくるものなの？・」

「どんな妖怪だよ。いや、ちょっと試してみたいヤツがあってさ」

種婿がが自信満々で宣言すると男根待ちだったふたりは期待感で目を輝かせる。

肉棒を引き抜くと硬く反り返ったままブルンと大きく揺れて粘液の糸を引いた。

プラッタとサーボは興奮した面持ちで視線を釘付けにする。

「うわ〜、これエウロに挿れる前よりも大きくなってる……っ！」

「これが今からボクの中に入ってくるのかぁ〜、ボクどうなっちゃうんだろぉ♪」

「もちろん幸せにしてあげるよ。このチンポでなっ」

「あなたのこと大好きになって、コレなしじゃいられない牝にされちゃうんでしょ♪」

「それでボクたちはどうすればいいの？　早く教えてよっ」

「まずはふたりで抱きあうようにして地面に横たわってもらおうか」

種婿の指示に、ふたりはいそいそと従った。

股間が丸見えの体勢なので、彼がその気になったらすぐに挿入されてしまうだろう。

「あふぅ、これって凄く狙われてるって気分になるわ♪」

「恥ずかしいところに種婿どののエッチな視線が突き刺さってるの感じちゃう♪」

「濡れた割れ目が露骨にヒクヒクしてるよ」

身体は処女でも、しっかり妊娠する気満々なのが伝わってくる。

ふたりが牝の顔をして挿入待ちしている姿にエウロも改めて羞恥《しゅうち》を煽られた。

「あふぅ、私も身体がこんな感じでおねだりしてたんだ。とってもイヤらしいね～♪」

「じゃあ次は大きな声で処女を捧げるから淫乱な孕み牝マンコにしてほしいってぃえっ」

「発情した牝らしく下品で卑猥な言葉遣いを心がけると種婿どのに興奮してもらえるよ」

「私は元気な赤ちゃんが産みたいの♪　処女を捧げるから淫乱な孕みマンコにしてね♪」

「エッチな種婿どの好みの淫乱牝になるよっ、すっごく孕みたいから精子お願いねっ！」

プラッタもサーボも、一切の迷いなく卑猥な懇願を口にした。

「ちなみに中出しは一回だけじゃ済まないぞ」

種婿の目論見ではイキまくって失神するまでなんどでも肉便器扱いしてやるつもりだ。

そして、ふたりにしてみても、その程度で怖じ気づく体はない。

「初めから徹底的に身体を躾けられちゃうんだ。とっても楽しみぃ♪」

「牝に目覚めると恥ずかしい言葉でも悦んで叫んじゃうようになるんだもんね♪」

「また可愛い女の子を孕ませられるからってチンポもビンビンだ。それじゃいくぞっ！」

まずはプラッタの処女穴に狙いをつける。

挿入前から愛液であふれかえっているので、遠慮なく処女穴を貫通してやった。

キツキツの膣腔はいかにも初々しさに満ちている。

「ああぁんっ、入ってくるうぅっ、たくましくてとってても熱いのぉっ、ああぁっ！」

「俺、知ってるもんね。コレがすぐに高級シリコンみたいな感触に進化するんだ」

「あっ、あっ、強引で乱暴でっ、あひっ、処女マンコには厳しい激しさよっ！」

「大丈夫、数分でチンポに馴染むよ。そうなったら淫乱マンコ化一直線だ」

　処女への気配りがない一方的で身勝手極まりないヤリチンの理屈だった。

　だが、実際に彼の肉棒を味わったエウロは大きくうなずく。

「そうだね～。まさに生まれ変わるって感じで本当の自分に目覚めちゃう♪」

「よしよし、それじゃドスケベチンポ大好きっ娘に覚醒したエウロには引き続きおっぱい係をしてもらおうか」

「はぁい、どうぞ召し上がれぇ♪　好きなだけチュウチュウしてちょうだい♪」

乳房を自ら両手で捧げるように持ち上げて彼の口元に差し出す。

少年は乳首に吸い付き母乳で喉を潤しながら、ひたすら抽挿の勢いを上げていく。

「んく、んく、エネルギーを補給しながらだから延々と種付けし続けられるな～」

「あぁっ、奥までチンポでいっぱいぃっ、ズンって響くっ、頭の中まで響いてるぅっ！」

「うわ～、さっきも思ったけど強引に躾けられちゃうあたりが調教って感じがする」

「んふ、でもそれがいいんだ。元気なチンポの肉便器にされるのが本当の幸せなんだし」

「さすが中出しの味を知ってる牝だけのことはあるね。プラッタもすぐに俺のモノにしてあげるよっ」

まだ破瓜の血が乾ききっていないプラッタの膣穴を、なんどもめった突きにする。

激しい摩擦は膣壁に大きな負担になるが、だんだんそれが熱い痺れへとなっていく。

「なるほどね、これが牝にされるってことっ、納得だわっ、これ絶対クセになるぅ♪」

「俺さ、この村はみんな本性はチンポに目がないド淫乱ばっかなんだって気がするんだ」

「自分でもビックリだわっ、こんなあっさりチンポに馴染むなんてぇっ！」

ひと突きされるごとに膣奥で響く刺激が大きくなっていく。

まさに好きにならずにはいられない処女が初めて知る快感だ。

「まだ序の口だぞ。肉便器化が完了したら、頭が狂いそうなほどの快感らしいし」

「まったくもってそのとおりよ♪　だから早くふたりとも、こっち側にこようね♪」

「俺も協力は惜しまないぞっ、ほらほらっ、いくらでもチンポをご馳走してあげるよっ」

「あっ、あひっ、中がチンポでいっぱいっ、みっちり奥まで埋め尽くされてるっ！」

ひたすら気持ちいいという感想しか湧いてこない。

その上、妊娠すればさらに快感が跳ね上がるとエウロのお墨付きがある。

「ますます種婿さんの赤ちゃんほしくなっちゃうっ！」

「元気な子供と一緒に牝の快感がついてくるなんて、俺はみんなの救世主も同然かもな」

「種婿さんも牝をはべらすの好きみたいだし、私たちってホントに相性ばっちりねっ！」

プラッタの嬌声は下品で淫らになるばかりだ。

挿入待ちをしているサーボの割れ目からは愛液が糸を引いてしたたり落ちている。

もはやガマンなんてもうできないほどに、身体が熱く火照っていた。

「ねぇ、早くボクの処女マンコも種婿どの専用の肉便器孕みマンコにしてよぉっ！」

「焦らなくてもちゃんと孕ませてやるけど、まあ、そこまでおねだりするなら仕方ない」

プラッタから肉棒を引き抜くと、返す刀でサーボの処女穴を一気に貫いてやる。

元気いっぱいな犬獣人娘は、暴力的な挿入感に悲鳴じみた嬌声をあげる。

「んひっ、ひぃいっ、思ってた以上に大きいぃっ、あぁん、壊れちゃいそうぉ♪　グリグリって無理やり入ってくるぅっ、すごぉいっ、あひっ、チンポに抵抗できないのぉっ！」

「こいつを知ったら二度と処女マンコには戻れないっ、孕みマンコになる運命確定だっ」

「くうぅっ、奥までぜぇんぶみっちりチンポなんてっ、こ、腰が抜けちゃいそうっ！」

サーボが剛直に翻弄される姿は、はた目からでもうれしげだった。

エウロとプラッタが同類を歓迎するような笑みでうなずきあう。

「ああ、それなんか力が入らなくておしっこ漏れそうな気がして恥ずかしいよねぇ♪」

「寸止めの私はチンポで頭がいっぱいで恥ずかしいどころじゃないんだけどぉ♪」

「へへ、チンポに懐いて甘えてくる女の子って可愛いよな」

牡の本能が刺激されて、さらにいい声で鳴かせてやりたくなる。

種婿の嗜虐的《しぎゃくてき》な獣欲は即座に肉棒に反映された。

「あぁんっ、強いぃっ、ボクを絶対に孕ませてやるって気合いを感じるよぉ♪」

「俺はそのために召喚されたんだから、そりゃがんばるぜっ！　でもそれだけじゃないのもわかるだろ？」

「なんでもいうことを聞く性欲処理用肉便器に生まれ変わらせるんでしょっ、でもこのチンポなら納得だねっ、あぁんっ、自分が躾けられていくのがわかっちゃうぅ♪」

「初体験からこれなんだから、サーボも肉便器の才能があると思うっ」

彼の動きにあわせて膣腔がしっかりと吸い付いてくる。

それは、タップリと子種をぶちまけてほしいと露骨に訴えていた。

「あはぁっ、種婿どののお墨付きだねっ、とってもうれしいっ、誇らしいよっ！」

「もうチンポの虜じゃないか。自分の淫乱っぷりが恥ずかしかったりしない？」

「もちろん恥ずかしいっ、でも種婿どのはそんなドスケベな女の子が好きなんでしょ？」

「うんっ、やっぱ素直なのが一番だしっ、孕みたいのにエッチなことはいけませんなんていわれても困るって」

男と女の駆け引きである恋愛ゲームに興味はなかった。

だてにお手軽ハーレム美少女ゲームを愛好していた童貞少年だったわけではない。

「だから種婿どのは女の子を性欲処理用の肉便器にしてやるって堂々と公言するんだ♪」

「男なら可愛い子とは仲良くなって孕ませてやりたいってだけで十分！」

「そうだねっ、四の五のいわずに行動で示してくれてるもんねっ！　種婿どのは、いっぱいボクを気持ちよくしてくれて、しっかり妊娠させてくれるんだから最高だよぉ♪」

サーボは完全に懐いていた。

うれしそうに締め付けてくる牝穴は、すっかり肉便器として仕上がっている。

そしてエウロもサーボと同じ意見だ。

「んふふ、お互いに美味しい思いができるんだから理想的な関係だよね～」

「チンポ気持ちいいの？　うれしいっ、もっとボクの中で気持ちよくなってぇっ！　こっちも気持ちいいよっ、硬いチンポで処女マンコがすっかり種付け準備オッケーだよぉ♪」

「だったらそこで孕み乞いしないとっ、こっちはもうずっと待ちきれないんだからっ！」

お預け食らっているプラッタは、かなり焦れている様子だ。

こうなると、ふたりに意地悪してやりたくなる。

種婿は、プラッタとサーボに孕み乞い合戦を持ちかける。

「じゃあいっそのこと上手におねだりできたほうから先に中出ししてやるよっ」

「ボクはすっかりチンポ大好きっ子になりましたぁ、だから子種ちょうだぁいっ！」

「お預け食らった発情マンコがさっきからヒクヒク痙攣しておかしくなってるのぉっ！」

さっそくふたりは、身もふたもなく媚びた牝の欲望を露わにする。

プラッタは本能的に子宮の飢えを満たすのは子種しかないと悟っていた。

「だから孕ませてぇっ、発情マンコにはチンポミルクが特効薬なんだからぁっ！」

「そんなのボクだっておかしくなってるよっ、子宮が熱くて火がつきそうっ！」

「出すなら私にぃっ、種婿さんの性奴隷でも肉便器でも悦んでなるからっ！」

「ボクも孕みマンコになりたいっ、だからチンポぉっ、あひっ、チンポチンポぉおっ！」

プラッタの秘裂から濃厚な本気汁が垂れ流しになっていた。

膣口も丸見えで、パクパクと挿入をねだっている。

「だからこっちに挿れてぇっ、おかしくなっちゃうっ、中出しチンポほしいのぉっ！」

「うっわ〜、プラッタもサーボも必死だねぇ♪　で、種婿どのの判定は？」

「おねがいぃっ、このままボクの中で射精してっ、ボクが孕みマンコになるのぉっ！」

「私に出してっ、特濃ザー汁で孕みマンコになりたいのっ、おねがいチンポぉっ！」

「ははは、いい気分だなっ、先に種付けしてやるのは……っ！」

種婿が選んだのはプラッタの膣穴だった。

勢いよく付け根までねじ込むと、即座に精を放った。

「あぁぁっ！　熱いのが奥にドピュドピュってて、イクイクイクううぅっ！」

「こいつが種付けだぞっ、キンタマ直送の新鮮子種は子宮に効くだろっ」

「いっぱいだされてるっ、すごぉいっ、たまらないっ、中出し気持ちいいぃいいっ！」

「くうぅっ、イキながら締め付けちゃってそんなチンポがいいかっ」

「蕩けそうっ、いいのぉっ、これ大好きっ、もっとチンポミルクだしてぇっ！　こんなの孕んじゃうっ、妊娠しちゃうぅ♪　あひっ、子宮にいっぱい押し寄せてくるのぉっ！」

「あぁん、ボクにも早くっ、お願いだから元気な子種を中出ししてぇっ！」

「へへ、任せてくれっ、連続孕ませチャレンジだっ」

射精の脈動が終わらないうちから、そのままサーボの膣穴に肉棒を打ち込む。

少しも勢いの衰えない射精を膣奥にぶちまけられて、犬獣人娘は絶叫した。

「くひぃいぃいぃっ、チンポきたあぁっ、中出し感じるっ、熱いっ、イッくううぅっ！」

「くぅっ、たっぷり味わえっ、牝になれるぞっ」

「これが精液なんだっ、すごぉいっ、チンポ素敵すぎるぅっ、あっ、あっ、あぁぁっ！」

「これでサーボも孕みマンコになって今日から俺専用の肉便器だっ」

「あぁん、なるなるぅっ、しっかり孕まされて種婿どのの肉便器になっちゃうよぉっ！」

まさに中出しアクメは衝撃的だった。

思考能力すら吹き飛ばされて、ひたすら生殖本能のまま生きる牝にされてしまう。

「チンポ凄いぃっ、ベタ惚れチンポぉっ、子宮ごと堕ちたっ、こんなの初めてぇっ！」

「そうだチンポは凄いんだっ、ほら孕めっ、なんどでも味わわせてやるからなっ！」

「いいいぃっ、もっとちょうだいっ、イクイクっ、幸せマンコになっちゃうのぉっ！」

たまらない充実感が下腹部にあった。

子宮が精液で満たされると同時に牝の身体は多幸感に満たされる。

プラッタもサーボも子宮から頭の中まで蕩けてしまった気分だ。

「あぁん、これが孕みマンコの幸せなのねぇ♪」

「あはぁ、チンポでイカされる快感は自分でするのとは別次元だよぉ♪」

「ふたりも私と同じ、もうチンポなしじゃ生きていけない身体にされちゃったよねぇ♪」

「ひと息つくのはまだ早い。俺が満足するまで付きあってもらうからなっ」

種婿の睾丸は一瞬で子種の再装填を終えている。

まさに底なしの絶倫だ。

彼の気が済むまで解放されることはないと知って、プラッタは喜色満面になる。

「あふぅ、もう私たちは性欲処理用の肉便器だもんねぇ♪」

「あぁん、いいよぉ、いくらでもボクたちを性欲処理に使ってて っ、使ってぇん♪」

「こんなに射精したのに、種婿どのってチンポだけじゃなくてキンタマも凄いんだぁ♪」

サーボとエウロも、すっかり交尾狂いの素質を開花させていた。

ビンビンの肉棒を目にした三人はうっとりと紅潮している。

そして種婿は宣言どおり心ゆくまでみんなの牝穴を堪能していき……。

しばらく経つと今朝まで処女だった三人は、念願叶って妊娠済みの身体になっていた。

「あぁ、チンポに完堕ちよぉ、種婿さん素敵ぃ、チンポぉ、好き好きチンポぉ♪」

「身も心も牝にされちゃったぁ、ボクは種婿どの専用孕ませマンコだよぉ♪」

「とっても幸せぇ、私はチンポの性奴隷になるために産まれてきたんだぁ♪」

「これからも、しっかり俺に感謝しながら性欲処理係をがんばってな」

牡にとって子宮への種付けは所有権の確立だ。

晴れて自分のモノとなったからには、彼も気兼ねなくやりたい放題ができる。

「種婿どのは恩人よぉ、プラッタはあなたの永久肉便器になることを誓うわぁ♪」

「ボクも永久肉便器ぃ♪　いつでもサーボのチンポ扱き用マンコを利用してねぇ♪」

「おっぱいミルクも好きにして。いっそのこと肉便器兼用の家畜になりたいくらい♪」

「それいいな。母乳直飲みの駅弁ファックで村の中を練り歩いたら楽しそうかも！」

みんな心から幸せそうで、俺も孕ませた甲斐があるというものだ。

まだ種付けしてない女の子たちも早く自分のモノにしてしまいたい。

よりいっそう、少年は心身ともに気合いを入れるのだった。

# 第三章　人妻も種付け

種婿の散策はまだまだ続く。

彼には学校も試験もなんにもない自由気ままな身分だ。

やがてそこそこ人通りが多い場所までやってきた。

どうやら村の広場らしい。

誰か知ってる顔はないかなと、種婿がキョロキョロしていると……。

「どうしたい、種婿どの。人でも探してるのかい」

小柄な少女に気さくな声で不意に話しかけられてちょっとビックリした。

この人も昨日の出迎えのときにいた人だ。

身長が小さいからてっきり子供かと思ったがよくよく見ればかなりの巨乳だった。

腰のくびれや尻の張り具合といい、どうやら背が低いだけの成人女性らしい。

今風にいえばロリ巨乳、古風にいえばトランジスタグラマーだ。

「特にこれといって目的はないけど、なんかないかなと思いまして」

「へぇ、そうかい。そういやさっそく娘っ子どもを狩りまくってるらしいね」

「なんせ、みんな積極的だからおかげさまでいい思いさせてもらってます」

「男のあてがなくなったあたしらには、種婿どのは救い船だもんなぁ」

彼女は腕を組んで、軽く宙を見つめた。

「かくいうあたしだって、旦那との再会は絶望的と知ったときには頭を抱えたもんさ」

「ってことは既婚者ですか。俺より年上みたいですね」

「あたしはドワーフのナーギ。鍛冶場の若い連中からはおかみさんって呼ばれてるよ」

「なるほど、それで夜な夜な身体を持て余している人妻でもあると？」

彼女からは仕事帰りなのかムッとした汗のにおいがした。

その中に隠しきれない牝のフェロモンを感じる。

「実はそうなんだよねぇ。あたしだって、まだまだ捨てたもんじゃないんだよ」

「そのための俺じゃないですか。この場で一匹の牝に戻してあげますっ」

「お～、話の早い男は好きだよ」

種婿が抱き寄せると、ナーギも好色な笑みを浮かべた。

鍛冶場で力仕事をしているせいか、彼女の肢体は筋肉質で引き締まっている。

それでいて女性らしい部分は贅沢に脂がのっており、抱き心地は悪くない。

「んじゃさっそく、その辺の建物の影で」

「せっかちな種婿だねぇ。ベッドまで待てないのかい？」

「周りからのぞかれ放題かもしれないけど、ご愛敬ってことでよろしく」

「ふふふ、実は強引な男ってのは嫌いじゃないんだ」

種婿はナーギの下着を剥ぎ取り、そのまま抱きかかえる。

豊満な両胸をしっかり鷲づかみにしつつ、剛直で無防備な膣穴を下から貫いた。

「んあぁあぁぁっ！　こ、こりゃデカイっ、はち切れそうっ、くひぃいぃいっ！」

「体格差があるから大きな人形みたいだなぁ。つーか、人型オナホ感覚？」

「そうと知っててねじ込んでくるなんて、種婿どのはワイルドだねぇっ、あぁぁっ！」

「人妻だったらチンポの相手はお手の物でしょ」

強姦と変わりない一方的な理屈で彼女を犯していく。

もっとも、膣穴は早くも潤っており、思いのほかスムーズに肉棒を受け入れていた。

膣腔は無理やり拡張されて、ドワーフの体格的に限界いっぱいだ。

しかし、ナーギは満更でもない紅潮した興奮気味の笑みを浮かべる。

「まったく大きい上にやたらと活きがいい、そりゃ娘どもが一発で惚れ込むわけだっ！」

「おかみさんが大きいっていうのは旦那さんと比較してかな？」

「もちろんそうさっ、はぁ、んんぅ、そ、ソコが一番奥だっ、もう入らないよ……っ！」

「まだチンポは半分なんですけど？　ちゃんと付け根まで呑み込んでくださいよっ」

少年が抱きかかえているためドワーフの人妻に男根から逃れるすべはない。

　むしろ、自分の体重が結合部に集中して、自然に彼の挿入行為に加担してしまう。

「んんぅ、いやもうホントに限界なんだよ。ふっく、これ以上は壊れちまうってっ！」

「いいや大丈夫、いける、いけるってっ。締め付けに苦しそうなところはないしねっ！」

「おおぉっ、中がチンポの形に引き延ばされていくじゃないのっ、ふあっ、あぁっ！」

「旦那さんには悪いけど今日からおかみさんは俺のモノだ。手抜きはしませんっ！」

　じわじわと剛直が彼女の膣内に収まっていく。

　種婿はナーギを抱きしめる両腕に力を込めて、女体が浮かび上がらないようにした。

「くひぃっ、グイグイねじ込まれてくるぅっ、まったく容赦ないねぇっ、あぁっ！」

「そういうの好きでしょ？　牡なら牝をチンポで組み伏せてこそっ！」

「あぁっ、およしよっ、ダメだったらっ、あひっ、チンポがっ、あぁぁんっ！」

ズンッと膣奥に衝撃が走るとともに、肉棒は付け根まですべて収まっていた。

ナーギにしてみれば、熱い肉ヤリで串刺しにされてしまったような気分だ。

「ほら俺がいったとおりでしょ、ちゃんと呑み込めたじゃないですか」

「はぁ、あぁぁっ、頭がクラクラしてきそうっ、身動きだって取れやしないっ」

「でも願望どおりでしょ。中が火照ってきていますよ、これ絶対発情マンコだっ」

「まったく種婿どののときたらっ、こんなに露骨に身体を求められたのは久々だよっ」

かなりのあいだ男日照りだった身体は、早くも牝の欲望を露わにしていた。

硬い肉棒の感触から牝として求められていることも明白だ。

ひとりの女として、一匹の牝として、プライドを心地よくくすぐられた。

「俺から毎日求められて、人妻が孕みマンコになってオナホにされる覚悟はＯＫ？」

「ふふ、やんちゃな種婿だねぇ。いいよ、自慢のチンポであたしを手なずけてごらんっ」

「言質は取ったたっ、おかみさんっ、いきますよっ！」

乳房に指がめり込むほどしっかりと抱きしめながら勢いよく腰をふりだした。

限界以上のサイズで膣腔を埋め尽くされたままの抽挿だ。

その衝撃と刺激の強さは、これまでナーギが経験したことがない領域だった。

「あっ、あぁっ、こりゃ想像以上だっ、くはっ、杭打ちだよっ、あんっ、あぁぁっ！」

「なんか母乳がでてきた？　ドワーフも妊娠しなくても出てくる体質なんですか？」

「んひぃっ、そんなはずはないんだけどっ、あぁんっ、激しいっ、おかしくなるぅっ！」

「それじゃきっとこれから自分が確実に妊娠するって本能で感じ取ったからですかね」

異世界の住人の体質は、地球の常識では推し量れない。

少年としても目の前に起きたことをあるがままに受け入れるだけだ。

ナーギは早くも白旗を揚げる。

どうやっても種婿の剛直にはかなわないと、一瞬で悟らされてしまった。

「人間のチンポはやっぱ大きすぎるよっ、これに慣らされたら取り返しが付かないっ！」

「おかみさんは俺のモノになるんだしっ。俺にさえジャストフィットならいいでしょっ」

「なんて傲慢な種婿どのだいっ、で、でもっ、あぁん、しっかり躾《しつ》けられちまうよっ！」

発達したカリ首に膣壁をこすられるたびに全身が熱く痺れる。

はち切れそうな苦痛を覚えていた粘膜も、瞬く間に馴染んで蕩けるような快感だ。

「あはぁっ、旦那よりも種婿どのの牝になるって身体が勝手に反応しちまうぅっ！」

「ははは、俺が孕ませるからには旦那さんのことときっちり忘れさせてあげますよっ」

「あぁっ、どんどん人間サイズに馴染んでいくぅ、ふはっ、あひっ、あはぁっ！」

「最初のころにはあった余裕が完全になくなりましたねっ、ほら、もっと感じてっ」

ナーギの反応から、種婿はこの牝も堕とせると直感的に悟った。

あとはもう獣欲のままに彼女の媚肉を貪っていくばかりだ。

子宮をこれでもかと肉棒で乱暴に突き上げていく。

「なんて凶悪なんだいっ、傲慢で横暴でっ、でもどんどん奥から蕩かされちまうぅっ！」

「牝なら直感でわかるでしょっ、俺のモノになるのが一番幸せなんだってっ」

「あぁっ、降参だよっ、こんなの勝てっこないっ、あひっ、いいようにされちまうっ！」

「こいつが気に入ったんでしょっ、ほ～ら旦那さんと俺のチンポ、どっちが好き？」

見た目が小柄なせいか、子供にイタズラしているような背徳感があった。

ついつい意地悪してみたくなる。

すでに余裕を失っている彼女は、種婿に問われるまま素直に答えてしまう。

「そんなの種婿どのに決まってるじゃないかっ、凄すぎてチンポに抵抗できないぃっ！」

子宮が灼きつきそうなほど発情していた。

これからたっぷり中出しされて、孕んでしまうのだと牝の身体が期待している。

「締め付け具合とかうねり具合とかでおかみさんの興奮っぷりが伝わってきますよっ」

「あひっ、だんだん頭が回らなくなってきて、チンポのことしか考えられないっ！」

「それでいいんですっ、俺もおかみさんを確実に堕とすことしか考えていませんからっ」

「もうとっくに降参してるのに？　これ以上されたらどうにかなっちまうっ！」

ドワーフを基準にしたら種婿の男根はかなりギリギリでアウトに近いサイズだった。

それでもどうにか馴染んでみせたのは、ナーギと種婿の身体の相性がいいからだ。

その上、肉棒そのものにも女を牝に変えずにはいられないなにかがあった。

強引な抽挿を受けるたびに子宮が甘く痺れてなすがままになってしまう。

伊達に異世界からの探知魔法に引っかかったわけではなかった。

「どうにかなりましょうよ。今だっていいように扱われているドワーフ型オナホだしっ」

「あっ、あひっ、種婿どのにかかったらただのチンポ狂いの牝にされちまうっ!」

「やっぱこの手頃なサイズ感がオナホに最適なんでしょうねっ」

種婿はすっかりナーギの身体が気に入っていた。

ますます勢いが増して、肉棒が脈動しながら射精体勢に入る。

「このままの勢いで中出ししますっ、おかみさんの念願叶って孕みマンコですよっ」

「いよいよ孕まされるのかっ、いいよっ、そのまま種婿どののモノにしておくれっ!」

ナーギにしても種婿が相手ならなんの文句もない。

会えなくなった夫への未練は確かにある。

しかし、それをすべて押し流すほどの圧倒的な快感の濁流だった。

「あぁっ、凄いっ、チンポ感じるっ、あぁぁっ!」

「あとはハッキリと俺専用オナホマンコになるって宣言してくれたらうれしいなっ」

「お安いご用さっ、あたしは種婿どの専用の、あひっ、オナホマンコになるよっ！　チンポに負けて、チンポにベタ惚れしちまった人妻ドワーフが種婿どののモノになるよっ！」

みじんも迷いのない誓いの嬌声だった。

人妻を寝取ったということは夫よりも優れた牡だと証明できたということだ。

種婿の価値観ではそうなる。

あとは子宮めがけてこれでもかと子種を放つだけだ。

「じゃあご褒美ですっ、さぁ孕めっ、ナーギはこれで俺のモノ決定だっ！」

「あっ、あぁっ、凄いっ、きちゃいそうだっ、弾けるぅっ、いいっ、飛んじまうぅっ！」

種婿に抱きしめられたままナーギの全身がガクガクと痙攣《けいれん》する。

次の瞬間、彼が勢いよく射精すると、人妻の淫らな絶叫がほとばしった。

「イッくううぅっ、ふおっ、おほぉおぉっ、いいぃっ、中出しアクメぇっ！」

「くうぅっ、し、締まるっ、っておかみさんったらうれションまでしてますよっ」

「熱い子種が中で暴れてるっ、ひぃっ、中から種婿どののモノにされていくううぅっ！」

「へへ、お漏らしするくらい気持ちいいんですね？」

「あぁっ、イッてるのに中出ししながら突き上げないでおくれよっ、死んじまうよっ！」

ナーギがギブアップしても彼は手加減しない。

それどころか加虐心が刺激されて射精の勢いがさらに増すことになる。

「子宮を刺激しながら子種を詰め込んだら、もっと孕んで双子とかにならないかな？」

「そんな話、聞いたことないよっ、凄いっ、またイクぅっ、ふあっ、ふおぉおおっ！　気持ちよすぎて保たないっ、孕むっ、孕むよぉっ、あひっ、イクイクイクううぅっ！」

意識が飛んで視界も強烈な白光に埋め尽くされる。

一分近く言葉にならない嬌声を周囲に響かせ、ようやく絶頂の波が治り息をつく。

「んはぁっ、こ、こんな激しくイカされたの初めてだよ、目の前がチカチカするぅ、はぁ、うっく、股の感覚もおかしくなってるし、あふぅっ！」

「それしっかり拡張されきって俺のチンポサイズに最適化完了したからだと思いますっ」

「あふぅ、そうだね、はち切れそうでキツかったのが、とてもシックリきてるしっ！」

まだ絶頂の余韻が引いていない膣腔は緩やかな蠕動《ぜんどう》を繰り返し肉棒に吸い付いている。

荒い呼吸を繰り返すたびに、豊満な乳房も柔らかく揺れていた。

「と、ともかくちょっと休ませておくれよ、このままじゃおかしくなりそうだっ」

「う〜ん、俺さっきべつにおかしくなってもいいよっていいましたよね」

「へ？　おいおい、あたしホントにもう限界で……っ」

「おかみさんは俺のモノっ、ナーギマンコは俺専用オナホマンコっ」

つまり種婿は自分が満足するまで彼女を解放する気はなかった。

ナーギは紅潮したままの頬を引きつらせる。

「ひぃ、なんてケダモノだいっ、種婿どのぉっ、許しておくれっ、チンポ堪忍してぇっ」

「そんな可愛い仕草じゃ余計にフル勃起ですよ？　ああ、つまり誘い受けってヤツかっ」

種婿は意気揚々と彼女の全身を縦に揺らし出す。

ドワーフおかみが若造に泣きを入れる声を無視して一方的な中出しを愉しんでいった。

とはいえ、ナーギも牝の悦びを知っている人妻の端くれだ。

彼女の嬌声はどんどんケダモノめいたものになっていく。

熟れた女体が味わっている淫らな快楽の大きさを物語っていた。

そして、少年が膣内射精で十発以上は注ぎ込んでやったころには……。

ナーギの意識はピンク色に混濁し、すっかり前後不覚になっていた。

「ふひぃ、はぁ、んはぁ……っ、んおぉおぉぉ……♪　はひ、ち、チンポぉぉ……♪」

「へへ、ブツブツつぶやきながら幸せそうに失神してら」

今も深々と打ち込まれている肉棒をグイグイと締め付けてくる。

手頃な抱き心地のよさもあって、彼はナーギをチンポケース扱いしていたのだ。

「あふぅ、チンポぉ……ナーギマンコはオナホマンコぉ♪　しゅごいぃ、種婿どの、しゅきしゅきぃ……♪」

「このまま家にお持ち帰りして続きといくか」

ドワーフマンコの私物化による夢は尽きない。

種婿はすっかり小柄なナーギのことが気に入っていた。


翌日。

鍛冶場にナーギと同伴出勤してきた種婿の姿があった。

昨晩のピロートークでナーギの職場の話を聞いたことがきっかけだ。

鍛冶場には見習いの少女が五人ほどいて、みんなドワーフだった。

それでなくても小柄なドワーフなので見習いたちはつるぺた小学生にしか見えない。

少女たちは初めて目にする男性にきゃあきゃあと黄色い声をあげている。

「はいはい、お前さんたち、遊んでないで掃除と道具の手入れを早くする」

ナーギの指示にテキパキと従う見習いたち。

日ごろからの主従関係がうかがえる。

鍛冶場の責任者としてナーギはしっかり尊敬されているようだ。

そんな彼女を見習いたちの前で弄《もてあそ》んでやったら面白そうだと考えたのが種婿だ。

もちろんナーギはそんな種婿の邪《よこしま》な思いは知らない。

異世界からやってきた少年が自分の職場に興味を引かれているようだから、どんな仕事をしているのか紹介してやるつもりで、彼を連れてきたのだった。

「どうだい種婿どの。この村の製錬や鋳造はこの工房が一手に担っているんだよ」

「おかみさんがカンカン剣とか鎧とか作ったりしてるんですね」

「まあね。もっとも男どもが戦に出張ったあとは、ほとんど作る機会はなくなっちまったが」

「じゃあ今はどんな物を作ってるんですか」

「主に狩りに使う鏃《やじり》に、鉈《なた》や鎌、あとは包丁や鍋なんかの注文も多いさね」

「見習いのあの子たちも、一緒に作ったりするのかな」

「まだあたしの手伝いで精一杯だ。あと数年は修行が必要だね」

軽く肩をすくめるが目元は優しく、見習いたちの将来には期待しているようだ。

それだけ少女たちもナーギの元で真面目に学んでいるのだろう。

「まあ、それはさておき。本題といくか」

種婿はナーギを背後からヒョイと抱きかかえ、彼女の衣服を脱がせていく。

驚いたのはナーギだ。

「ちょっ、いきなりなにするんだいっ」

「ムラムラしてきたから、おかみさんにはまたがんばってもらいますよ」

「夕べあれだけやったのにかい⁉」

「ははは、俺とおかみさんで見習たちへの性教育といきましょうよ」

勃起した肉棒を取り出し、ナーギの秘裂に宛がう。

結合部が丸見えの背面駅弁スタイルからナーギが逃れるすべはない。

「は～い、みんな注目～！」

「だからおよしったらっ、あたしにも立場ってモノがっ、あっ、あっ、ダメぇっ！」

「ほ～ら、ズブズブ入っていくね～。もっと間近でのぞき込んでもいいんだぞ～」

いきなり始まったセックスショーに見習いの少女たちは目を丸くした。

もっとも、驚いたのはほんの一瞬だけで、すぐに興味津々な顔つきになる。

みんな顔を真っ赤にしつつも、膣腔から出たり入ったりする肉棒に視線釘付けだ。

「どうだ、わかるかい。こいつがチンポってやつだ。牡の子種ぶち込み器官だぞ」

「あひっ、あぁんっ、硬いっ、大きいっ、ま、またおかしくなっちまうよぉっ！」

「俺とおかみさんの仲じゃないですか。今さら照れることもないでしょ」

「あっ、あっ、だからってこの子たちの前でなんて、あぁん、ダメぇ、チンポ凄いっ！」

あっさりとナーギは陥落した。

昨日、種婿によってお持ち帰りされてしまったナーギはひたすら犯され続けていた。

ベッドの上で圧倒的な快感に耐えかねて失神した回数は数え切れないほどだ。

数人がかりで対応しても種婿の無尽蔵な精力の前には白旗を揚げざるを得ない。

それをひと晩中、ひとりで生体オナホ扱いされていたのだからむべなるかな。

ナーギは条件反射で、男根に崇拝と隷属の念を抱く牝の本性を露わにしてしまう。

「あはぁっ、大きいぃ、もうこのチンポでしか満足できない身体にされちまったよっ！」

「この島の男は俺だけってことは、将来的に、この見習いの子たちの相手も俺ですよね」

「そうさね、くひぃっ、みんな将来はあたしと同じガバガバマンコだねぇっ！」

「ガバガバなんてことないでしょ。単に俺専用にジャストフィットするってだけで」

大きなストロークで派手に突き上げてやった。

あふれ出る愛液がグチョグチョと卑猥な音を響かせながら床にしたたり落ちる。

「あぁっ、くひぃっ、奥にチンポぉっ、いいぃっ、気持ちよすぎるぅっ！」

「俺も気持ちいいですよ、おかみさん。数え切れないくらい中出ししちゃいましたし」

「あたしもぉ、いっぱいイカされたよぉっ、おかげで今じゃチンポ狂いの牝さねっ！」

「でもそれがいいんでしょ。ほら、見習いの子たちにも教えてあげましょうよ」

少女たちはナーギがケダモノのように喘ぐ淫蕩な姿は見たことがない。

生殖本能を刺激する牡と牝の生々しいまぐわいに圧倒されるばかりだ。

「あひっ、お前たちぃ、心配いらないよ、チンポ漬けにされる牝はとても幸せだからっ」

「それはどんなチンポでもいいんですか？」

「あぁっ、もちろん種婿どののチンポに決まってるじゃないかっ、あっ、あぁんっ！」

「具体的には？」

ナーギは完全に抽挿の快感に酔いしれ、少年のいいなりになっていた。

肉棒の反応から自分が弄ばれるたびに彼が牡の興奮を味わっていることがわかる。

だから辱められれば辱められるほど、淫らな多幸感で全身が満たされてしまう。

「はぁ、ふはっ、特濃のザー汁をたっぷり中出ししてくれるのは種婿だけぇっ！」

「孕みたくて仕方がない牝には、エンドレスで犯してくれるチンポが最高ですもんね」

「あっ、あっ、男の価値はチンポだっ、あひっ、だから種婿は最高の牡だよっ！」

「そんなチンポの虜になって、おかみさんは夕べ俺にどんなことおねだりしてました？」

射精に向けて、ナーギ身体をさらに縦に揺さぶっていく。

乳房が派手に弾んで、乳首の先から白い母乳が飛び散る。

「あひっ、チンポ大好きっ、なんでもするから種婿の永久肉便器にしておくれってっ！」

「肉便器ってなんですか？　もっと詳しく説明してあげましょうっ」

「キンタマが空っぽになるまで子種を吐き捨てる専用の牝穴のことだよっ、あぁんっ！」

「つまり、俺のチンポがズッポリ入っているおかみさんのキツキツマンコのことだ」

「そうだよっ、ナーギマンコは肉便器っ、あひっ、ザー汁処理穴っ、あっ、あっ！」

男根の付け根のあたりから熱い粘塊がこみ上げてきた。

見習いの少女たちも、種婿の玉袋がキュッとせり上がったのがわかる。

「くうぅっ、出しますっ、イクぞっ、さあっ、おかみさんも派手に牝鳴きしてみろっ！」

「あぁあぁあっ、イクイクイクぅっ、ふおっ、おおぉっ、熱いの奥にぃっ！」

「ははは っ、孕めっ、どうだっ、ナーギ、お礼の言葉はどうしたっ！」

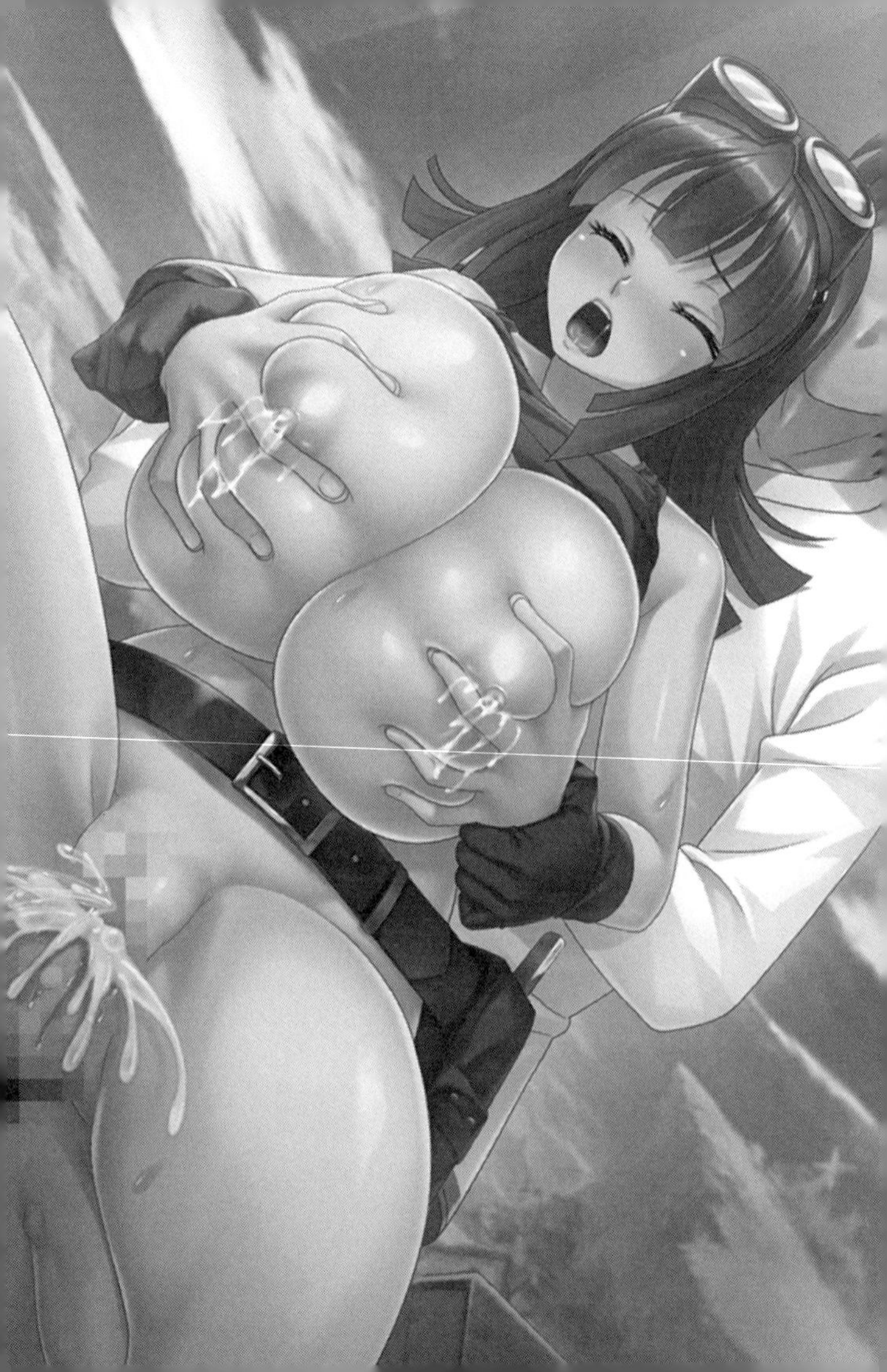

「ひぃ、くはっ、中出しうれしいよっ、あぁっ、もっとっ、ザー汁出しておくれぇっ！」

ナーギは絶頂とともに尿道が緩んで、勢いよく失禁してしまう。

元から幼女がオシッコをさせられているような逆駅弁なので背徳感もひとしおだ。

「あぁっ、んほぉおぉっ、うれションナーギマンコがイキまくってるぅっ！」

「へへ、見習いの子たちも、ナーギの恥ずかしい姿にめっちゃ興奮してるぞっ」

「あぁんっ、なんてこったいっ、で、でもぉ、あたしも気持ちいいのぉっ！」

ナーギは首を仰け反らせて、激しい絶頂の奔流に翻弄されていた。

ようやくひと息つくころには、鍛冶場の雰囲気はかなりピンク色になっていた。

「おかみさん、見てみなよ。見習いの子たちがモジモジして落ち着かない様子だ」

「ふぅ、ふぅ、そりゃ種婿どのの絶倫チンポ見せられたら、当てられちまうって」

「そこで性教育第二弾だ。みんな〜、裸になってこっちに集合〜」

「はぁ、はぁ、お、おい、種婿どの？　なにをするつもりなんだい？」

「そりゃ、おかみさんによるオナニー講座だ」

種婿の剛直はいまだにナーギの秘窟を貫いたまま、彼女を捉えて放さない。

彼はナーギの両足をさらに大きく開き、秘裂を露骨に晒しにかかる。

「さあ、おかみさん、みんなの前でオナニーしてお手本を見せてやりましょう」

「あぁん、そんなっ、いくらなんでも恥ずかしすぎるよぉ……っ！」

「いいからやるのっ、俺に絶対服従なのは肉便器の務めでしょっ」

「ううぅ、わかったよぉ……あ、あんたたち、ここを見な。ほら、クリを指で……」

ナーギは命じられるまま、包皮の下から頭を出している肉芽を弄り出す。

少女たちもかなり興奮しており、おずおずと自らの幼い割れ目に指を伸ばした。

やがて、工房に可愛らしい絶頂の嬌声が響いた。

ひとり、またひとりと淫らなアクメを迎えていく。

そのたびに種婿はナーギの秘窟にご褒美の種付け射精をしてやった。

少女たちも一度の絶頂で満足することができずに、自慰を繰り返していく。

結局、五人の見習いたちがイッた回数だけ、ナーギも肉便器扱いされていくのだった。

# 第四章　親子丼でも種付け

ドワーフの工房を出たのは昼過ぎだった。
完全に腰が抜けて動けなくなってしまったナーギとは裏腹に種婿はまだまだ元気だ。
午後も張り切って女の子たちを孕ませていこうと、気合いも十分。
昨日は街方面を散策したので、反対の森方面に足を向けることにした。
都会育ちの彼にしてみれば、空気ひとつにしても清々しくて美味しく感じられる。
木々の枝が風に揺れる様や道ばたに咲いている草花を眺めているだけでも飽きない。
見慣れない色や形をしている物も多いので異世界情緒が感じられる。
村の近くの森には危険な野獣は生息していないという話だ。
おかげで気楽にひとり歩きができる。
「素人が森の中で熊さんにであったら普通は死を覚悟するしかないもんね」
そうしてブラブラすることしばし。
見覚えのある猫耳親子が山菜採りをしていた。
まだ距離があるため種婿には気づいていない。

どうやらかがんだり四つん這いになったりと地面のキノコを採取しているらしい。

「ほほう、母親のほうが尻をこっちに突きだして完全に無防備だな」

早くも獣欲が股間にこみ上げてくる。

今の彼は人妻を肉棒で蹂躙《じゅうりん》した上で孕ませ寝取る刺激的な興奮を知っていた。

ナーギで味わった達成感を今いちど味わってみたい。

こうしてあの母親のお尻を眺めているだけで肉棒から我慢汁がにじみ出てくる。

「しかも今回は猫耳親子丼のチャンスっ！」

自然に口元がニヤニヤと緩んでしまう。

種婿は足音を忍ばせ、こっそりと親子に近づく。

これが無造作に近づいたのなら、さすがに猫耳が異音を察知しただろう。

だがことハーレム種付けになると、なぜか無駄に彼は多才になる。

盗賊や暗殺者顔負けの気配遮断技術を発揮して、いきなり母親の前に躍り出た。

「こ～んにちはっ！　チンポのお届けに参りました～！」

「ふわぁっ!?　あ、え、種婿どのだわっ」

驚いたのは一瞬だった。

すぐに股間でそそり勃っている肉棒に気づき、うれしそうに照れて赤くなる。

「いきなり素敵に元気じゃないですか、やだわもう♪」

「ど、どうしたんですかオチンチン丸出しでっ！」

　一方、男性経験の差なのか、娘のほうは素直にうろたえていた。

　少年は軽く腰を振って見せつけるように肉棒を揺らしながら母親ににじり寄る。

「奥さんがいけないいんですっ、そんなムッチリ柔らかそうなお尻で俺のこと誘うからっ」

　しかも長い尻尾つきだ。

　肉棒に巻き付けてもらったら、さぞや気持ちいいに違いない。

「こりゃもう責任取ってもらわないと困りますっ、お礼に娘さんと一緒にこの場で中出ししてあげますねっ」

「あん♪　若いだけあって積極的なんですね」

　異性から女扱いされるのが久々なだけに、母親もドキドキと胸を高鳴らせている。

　種婿にしてみれば、女扱いどころか淫蕩な牝にしてやる気満々だ。

「奥さんの本性を暴き立てるの楽しみだな～」

「えぇ、でも、乱れる姿を娘の前で晒け出すのはちょっと恥ずかしいかも？」

「大丈夫っ、娘さんも俺のチンポで眠ってる牝の本能を呼び覚ましてあげますからっ」

「うわわっ、いきなりいわれても心の準備が……っ、そりゃ興味はありますけど……っ」

　目が泳いでいるが、チラチラと男根から視線を外せなくなっている。

　種婿は母親を四つん這いにすると、背後から覆い被さった。

「先に種付けするのは奥さんだから、娘さんはまずは見学からでどうぞ」

「あんっ、硬くなったモノをそんなにこすりつけてっ、よっぽど私としたいんですね♪」

「ここでふたりが妊娠するのは決定ですっ、俺がそうするって心に誓いましたっ」

「くす、わかりました。私はスーザ。娘はマーノ。ではどうぞお召し上がりください♪」

「へへ、んじゃいただきま～すっ！」

切っ先はとっくに膣口を捉えていた。

身体が子種を求めているのは明白で、十分に濡れそぼっている。

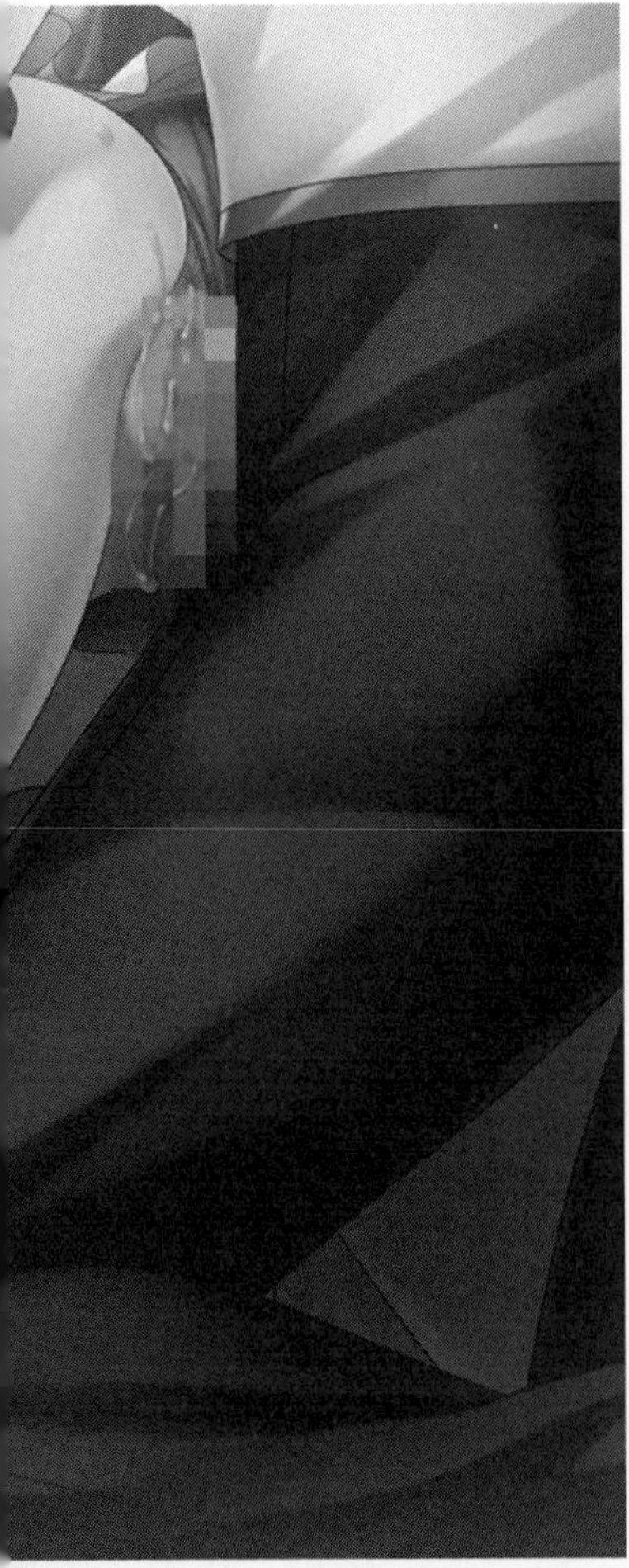

経産婦ならなおさら手加減は不要だろう。

様子見すらせずに、いきなり全開で母親の膣腔を肉棒でかき回していく。

「あぁんっ、なんてたくましいっ、あひっ、思いだしますっ、こんなの久々ですっ！」

「おおぉ、どんどん馴染んでくるっ、しっかり現役の孕みたがりマンコですねっ」

「それはもう♪　マーノもちゃんと見るといいですよ、これが交尾ですっ、あぁんっ！」

「うわぁ〜っ、うわぁ〜っ、こんな大きいのがスムーズにでたり入ったりしてるぅっ！」

勃起した男根を目にして最初に思ったことは、聞いていたのと違う——だった。

セックスが男性器を膣穴に挿入するものだということは知っている。

しかし、目の前の肉棒が自分に入るとはとても思えなかった。

それだけに、気持ちよさそうに喘ぐ母親の姿は衝撃的で目が離せない。

「なかなか女泣かせなサイズですね、これならどんな女性でも満足させられそう♪」

「おかげさまでこれまで孕ませた女性はみんな涙を流して悦んでくれましたよっ」

「それはとても楽しみですねっ、あぁんっ、深いぃ、そうっ、ソコが弱いんですっ！」

「いつでも受精できるって準備が整っている女体はみんな同じですね」

切っ先に触れる子宮が熟れて熱を帯びている。

いつでもどこでも子種をぶちまけてほしいとアピールしているのだ。

「あんっ、あぁんっ！　とっても上手よっ、いいわっ、カリ首がなんて意地悪なのぉ♪」

種婿は腰をくねらせて、膣壁をくすぐったり引っかいたりとやりたい放題だ。

すっかり手慣れた匠の技に、スーザは尻尾を震わせながら喘ぎ続ける。

「あぁっ、あひっ、こんなの好きになっちゃうに決まってるわっ！」

「奥さん的には俺のチンポは合格ってことですね？」

「あぁんっ、もちろんですぅっ、これなら安心して娘も任せられますっ、いいのぉっ！」

「だそうだよ。お母さんはマーノちゃんの処女を喜んで俺に差しだすってさ」

「ううぅ、ますますドキドキが激しくなって口から心臓が飛びでそう……っ」

娘も妊娠はいつでもウェルカムなのでここで種婿を拒むことはない。

ただそれでも未知の体験には期待と不安がドンドン膨らんでくるものだ。

「スーザさんはスーザさんで娘のためにもっとお手本を見せてあげましょうかっ」

彼は腰を打ち付ける衝撃で母親の巨乳が弾むほど激しく抽挿の勢いを上げていく。

人妻の弱い部分を的確に刺激する男根によって淫らな嬌声も派手になる一方だ。

「凄いぃっ、響くわっ、こんなに激しく責められるの初めてですぅっ、あぁんっ！」

「それはつまり、旦那さんとの秘め事では味わったことのがない快感ってことですね？」

「おっしゃるとおりですぅっ、とっても気持ちいいっ、虜になっちゃいますぅっ！」

「むふふ、じゃあ娘さんの前でハッキリ口にしてもらいましょうっ」

寝取りの醍醐味は人妻が肉欲に屈して若い肉棒に翻弄される姿にある。

種婿は調子に乗ってスーザが抵抗できないのをいいことに痴態を強要していく。

「はい、旦那さんよりも俺のチンポが気持ちいいって大きな声でっ、ほらほらほらっ！」

「あぁっ、あんっ、いいっ、凄いわっ、こんなの逆らえませんっ、あなた許してぇっ！」

「マーノちゃんもしっかり聞いてあげるといいよっ、お母さんの牝の本音をねっ」

「あぁっ、夫よりもぉ、種婿どののチンポが気持ちいいですぅっ、チンポいいぃっ！」

「うわうわ、お母さんがおかしくなっちゃったかも……っ！」

うれしそうに下品な言葉を叫ぶ姿には理性の欠片も感じられない。

まさにケダモノだ。

初々しい反応を示すマーノに、母親を牝鳴きさせながら種婿が笑いかける。

「これが牝になるってことだよっ、君もすぐにわかるようにしてあげるからねっ」

「深いところを突かれてるぅっ、奥までかき回されてるぅっ、凄すぎますぅっ！」

スーザは火照った子宮の熱が全身に回って官能の汗を浮かべていた。

すっかりごぶさただったせいで、身体が勝手に肉棒を締め付けてしまう。

欲求不満をため込んでいた人妻の身体は自制が利かなくなっていた。

種婿にすれば、まさに犯し甲斐のある蜜壺だ。

「これからはいくらでも好きなだけこのチンポが味わえるんですよ、よかったですねっ」

「あひっ、当たってるぅっ、子宮がビリビリ痺れるのぉっ、たまらないわっ、もう最高ですぅっ！ こんな気持ちいい思いしちゃったら種婿どのから離れられなくなるわっ！」

「心配ご無用です。奥さんは俺専用の孕ませ肉便器になるんですからっ」

「こんな激しく突かれながら命令されたら逆らえるわけないじゃないですかぁっ！」

主導権は完全に少年が握っていた。

種婿はスーザが乱れる姿に興奮し、スーザはたくましい種婿に心酔する。

「ははっ、命令なんてしませんよ。逆です、奥さんが自分からおねだりするんですっ！」

「チンポいいぃっ、素敵ですっ、あひっ、頭の中まで響くのぉっ！ あぁん、わかりました種婿どのぉっ、ど、どうか肱をあなた専用の孕ませ肉便器にしてくださいぃっ！」

「なんてちょろいっ、でも人間素直なのが一番、俺もそういう女性が大好きですっ」

「ありがとうございますっ、もっと突いてっ、突いてぇっ、気持ちいいですぅっ！」

血の通った熱い肉棒に深いところまで突き上げられるたびに充実感を覚える。

人妻ならではのムッチリした尻を振って、身もふたもなく露骨に媚びてしまう。

母親のスーザが軍門に降ったなら、次に狙うは親子丼への布石だ。

「そして肉便器なら母親としてちゃんと娘さんのぶんもおねだりしましょうか」

「わ、私のぶんですかっ⁉」

「処女マンコには恥ずかしくて荷が重いだろうから、代わりに奥さんがするのさっ」

「わかりましたぁっ、チンポのためならなんでもしてみせますぅっ！」

種婿が望むなら悩むまでもない。

そもそも、娘の幸せを願うなら進んで差し出すのが母親というものだろう。

「ど、どうか私の娘もぉ、種婿どの専用孕ませ肉便器にしてくださぁいっ、あぁんっ！」

「とってもいいですよっ、興奮してチンポビンビンになるっ、その調子です、奥さんっ」

「もっと大きくなりましたぁ♪　なんて素敵なのぉっ、ベタ惚れしちゃいますぅっ！」

「次はスーザマンコとマーノマンコは俺専用親子丼マンコになりますってのも追加でっ」

いよいよここからが本題だ。

牡のロマンと欲望がストレートに現れている。

マーノは背徳的な気配を察して、ますます赤くなる。

「お、親子丼ってなんですか？　なんだかとってもエッチな雰囲気がしますっ！」

「その答えはあとのお楽しみだ。さあ、奥さんっ、大きな声でおねだりですっ」

「す、スーザマンコとマーノマンコはぁ、種婿どの専用親子丼マンコになりますぅっ！」

「よくできましたっ、ご褒美にふたり仲良くこの場で孕みマンコにしてあげますっ」

射精に向けて抽挿の回転を上げていく。

たっぷりと子種を子宮に詰め込んでやったら牝は完全に堕ちる。

経験則から少年の肉棒は鼓動のように脈打つ。

「激しいっ、マーノよく見るのよっ、い、今種婿どのがイキそうになってるからっ！」

「射精しそうなチンポがわかるのはやっぱ人妻ですねっ」

膣腔の吸い付き加減が一段と露骨になった。

子宮が下がってきたのか、亀頭に伝わるコリコリ感もいっそう強くなる。

「あぁんっ、くださいっ、お慈悲をっ、いっぱい子種をだしてぇっ、チンポ素敵ぃっ！　もう限界っ、イカせてくださいっ、はしたない人妻マンコを孕ませ肉便器にしてぇっ！」

「お望みどおり中出ししますっ、さあスーザさんも孕みましょうかっ、うおぉっ！」

濃厚な粘塊が尿道を通って一気に解き放たれた。

膣奥で爆発的に快感の波が膨れ上がり、人妻はあっさりと絶頂に達する。

「イクイクイクぅっ、くはぁっ、これですぅっ、子種タップリ孕ませミルクぅっ！　これ知ってますっ、あひぃっ、子宮でイッてますっ、受精するっ、妊娠確実ですぅっ！」

「どうだっ、これで奥さんは俺のモノですっ、人妻から俺専用肉便器に転職ですよっ！」

「あぁあっ、熱くて特濃なヤツがドピュドピュって奥に押し寄せてくるぅぅっ！」

子宮めがけて勢いよく精を吐き出されるたびに、牝の身体は絶頂してしまう。

しかも、今まで感じたことがないほどの圧倒的な快感の奔流だ。

「孕みアクメしてますっ、スーザは種婿どののモノになってしまいましたぁっ！」

「これで理屈じゃなく身体で理解できたでしょっ、ほら孕めっ、孕め孕めぇっ！」

「おほぉおぉっ、素敵チンポで赤ちゃん種付けされて幸せですっ、またイッくぅぅっ！」

背筋を仰け反らせ、尻尾もピンッと空を指し示すようにまっすぐ立つ。

全身が激しく痙攣《けいれん》し、長い絶頂のひとときがスーザに訪れた。

やがて、種婿の射精が鎮まると同時に、人妻の身体も弛緩する。

「あふぅ、そうですぅ、これですぅっ、牝の悦びを与えてくれた種婿に感謝しまぁす♪」

「こんなイヤらしい声のお母さんは初めてですっ、なんだかお母さんじゃないみたいっ」

「気後れする必要はないよ。すぐにマーノちゃんもお母さんと同じにしてあげるからさ」

「んはぁ、種婿どののおっしゃるとおり、マーノもすぐに気持ちよくなれるわぁ♪　種婿どのにすべて任せて、さあ、お母さんといっしょに親子丼マンコになりましょうね♪」

「そ、そうだね。さっきからおまたがウズウズしてたまらなくなっていたし……っ」

なんだかんだで期待感に満ちた目をしているマーノだった。

少年はスーザから肉棒を引き抜くと、完全に上から目線で笑いかける。

「さあ、次はいよいよマーノちゃんのロストバージン孕みマンコ肉便器調教ショーだね」

「はい、是非とも娘を女に、いえ牝にしてやってください♪」

「うぅ、が、がんばりますっ、どうか私も種婿どのの所有物にしてくださいっ」

すっかり発情顔になってるスーザだが、マーノは初々しく恥ずかしげだ。

モジモジと足踏みをして、うっとりと少年の顔と股間を交互に見つめている。

あふれ出した愛液が少女の内股までベットリと濡らしていることを彼は見逃さない。

「いいね、いいね、可愛いねぇ～。おかげでチンポが絶好調だっ」

「たくましいお姿に見惚れてしまい、ますます私の卑しい牝がうずいてきますぅ！」

「そんなに大きいものが私の中に入ってくるのかと思うと、どうにかなっちゃいそうっ」

「へへ、ふたりとも四つん這いになってお尻をこっちに向けてもらおうか」

すっかり発情してしまった親子は彼の指示に我先にと従ってみせる。

物足りなそうにポッカリと空いた膣穴から精液をあふれ出しているスーザの秘部。

清楚なスリットながらも、挿入準備が整っている濡れ光るマーノの秘部。

対照的ではあるけど、どちらも貪欲に肉棒を待ち望んでいるのは同じだった。

「う～ん、いい眺めだ。母親とその娘のマンコ比べができるなんて俺は幸せ者だよ」

「あぁん、こんなにジロジロ見られたことないからとっても恥ずかしいですぅっ！」

「お母さんだって恥ずかしいわ。あなたと違ってきっと酷いことになっているだろうし」

「中出しされてイキまくったドスケベ淫母マンコですもんね～」

人妻ならではの貪欲な性欲を前にして種婿は尻込みしたりはしない。

どんな牝でも自慢の肉棒で手懐ける自信があるからだ。

もちろん男を知らない処女を男根なしではいられない淫獣に躾《しつ》けてやるのも楽しい。

「マーノちゃんも、これからお母さんとうりふたつの孕み穴になっちゃうんだぜ」

「はいっ、いっぱい肉便器に使ってもらって、いっぱい妊娠したいと思いますっ！」

「いいぞ、とっても興奮するよっ、だからもっと下品で淫乱っぽくおねだりしてねっ」

脂ぎった中年オヤジのような感性で種婿は初々しい少女へのセクハラを繰り返す。

だが経験不足のマーノにはいささかハードルが高い。

そこにすかさずスーザが助言する。

「マーノ、こうよ。どうか種婿どののカリ高勃起チンポでマーノの未使用乙女マンコに種付けしてくださいって」

「うぅ、ど、どうか種婿どのカリ高勃起チンポで、ま、マーノの未使用乙女マンコに種付けしてくださいっ！」

「その調子、ほら種婿どのが興奮してチンポが脈打ってるわ」

「ホントだっ、種婿どのってエッチで恥ずかしい女の子がよっぽど好きなんですねっ！」

「うんっ、絶対孕ませてやるってテンションマックスになるっ」

そもそも巨乳で可愛い女の子という時点で性欲の対象になる。

猫耳に猫尻尾も加点要素だ。

処女ならいちから自分色に染めていく興奮もある。

ぶっちゃけ容姿が整っていて妊娠可能な女性なら余裕で勃起して中出し可能だ。

種婿のストライクゾーンは果てしなく広い。

好みのタイプも夜空に輝く星の数だけ多種多様だったりする。

一方、マーノにしても種婿は生理的にもOKなタイプだ。

自分に欲情している牡なのだと思うだけで、うれしくなってしまう。

「じゃ、じゃあお母さんみたいにチンポが好きでたまらない淫乱マンコの肉便器係に躾けてくださいっ！」

「へへ、可愛い割れ目からイヤらしいヨダレがあふれてきてるよ」

「私の娘は処女でこれですから。きっと私に似てチンポの味を覚えたら凄いことになるでしょうね♪」

「よしっ、そろそろマーノちゃんの初めてを美味しくいただかせてもらうぞっ」

受け入れ態勢が整っている処女穴に、遠慮なく肉棒をねじ込んでいく。

未知の異物である男性器とひとつになる感覚にマーノもテンションが上がる一方だ。

「あぁんっ、これは確かに凄いですっ、ふぁあっ、こんなの初めてっ、あぁぁっ！」

「この窮屈な感じがいかにも処女マンコだよねっ、まずはしっかり付け根までっと」

尻尾をつかんで腰が引けないようにして、初々しい膣肉の感触をジックリ味わう。

緊張気味だった膣腔だが、段々と肉棒を扱くようなうねりが現れてくる。

「んひぃっ、尻尾はダメですぅっ、敏感だから鷲づかみにされると……っ、ダメぇっ！」

「お？　おお？　もしかして性感帯だったりするのかな？」

マーノの声色に苦痛の気配はなく、むしろ羞恥心《しゅうちしん》の響きがある。

すかさず母親による赤裸々な補足が入る。

「年頃の女の子がひとりエッチするときはクリ派と尻尾派が二大勢力です♪」

「じゃあマーノちゃんの尻尾を、こ〜んな感じで揉んだり扱いたりすると？」

「いいんだよ、ほ〜ら処女穴もしっかり馴染ませようね。子宮ノックも始めるぞっ」

「あひっ、チンポだけでもいっぱいっぱいなのに、おかしくなっちゃいますよぉっ！」

「あっ、あっ、痺れて蕩けそうっ、あぁんっ、奥からジワジワなにかがきそうっ！」

今にも膣穴がはち切れそうなのに、苦痛よりも妖しい熱がこみ上げてくる。

母親が我を忘れるほど喘ぎ乱れる姿を見せつけられただけに不安感も大きい。

もっともそれは淫らな期待感の裏返しでもある。

マーノが胸を高鳴らせていると、スーザはそのままでいいと微笑みうなずく。

「種婿どののチンポがいいようにあなたを躾けてくれるから身を任せるのよ♪」

「深く呑み込めるようになってきたよ。ほらもうひと息で付け根までズッポリだっ」

「大きいのが強引に入ってくるぅっ、拡がっちゃうっ、伸びちゃうっ、くひぃっ！」

「でも悪くないでしょ。だってマーノちゃんは肉便器志望の孕みたがり少女なんだしさ」

まずは処女の膣穴に肉棒の形を覚えさせようと、ゆったりと抽挿を繰り返す。

肉棒の熱からマーノは自分が性欲の対象にされているのだと身体で実感した。

少女はさらにドキドキしてしまう。

ほかに男性経験がなくても、種婿の男根は別格なのだと牝の本能で理解する。

「これから私は種付けされちゃうんですねっ、だってこのチンポ凄すぎぃっ！」

「キツキツ処女マンコでもそこまでわかればたいしたもんだ。必ず肉便器らしい女の子にしてあげるからね」

「ありがとうございますっ、あんっ、擦れてるぅ、さすがはカリ高勃起チンポですっ！」

マーノの秘窟は驚くほど短時間で順応していた。

熱い痺れが子宮を中心に広がり、肉棒への違和感はなくなっている。

「よし、ちゃんと馴染んだようでなによりだ。じゃあペースを上げていくよ」

「あっ、あっ、強いぃっ、深いぃっ、抉られてますっ、これがチンポ調教ですねっ！」

「肉便器の淫乱マンコってのは、こうして突けば突くほど具合がよくなってくるんだ」

「ひ、響くぅ、性欲処理に使われるの気持ちよすぎて幸せになっちゃいますっ！」

マーノの反応は素直でエロ可愛い。

やはり処女を自分好みに育て上げるのは男のロマンだと種婿は改めて思う。

「処女マンコのマーノちゃんはまさに俺専用完璧肉便器だ」

「……むぅ、それって人妻中古マンコだった私は劣化品肉便器ってことですか？」

「え、いや、違いますよ？　ちゃんと奥さんも素晴らしい肉便器です。やだなぁ、自分の娘に焼き餅なんて」

「いいえ、これは牝の沽券に関わります。ちゃんと言葉でなく態度で証明してください」

「へへ、スーザさんがこんなに子供っぽい牝だとはね」

だったら望みどおり思い知らせてやるだけだと、マーノから肉棒を引き抜く。

返す刀で勢いよく剛直をスーザの膣穴にねじ込んでやった。

「あぁんっ、チンポありがとうございますぅっ、太いのっ、硬くて脈打ってるぅっ！」

「ちょ、ちょっと横取りズルイっ、私が種婿どのの肉便器調教中だったのにぃっ！」

「まあまあ、わがままなお母さんには俺がしっかりチンポでお仕置きしてやるって」

「いいっ、お仕置きぃ、躾けてぇっ、孕みマンコにチンポ汁の追加お願いしますぅ！」

「娘への調教より自分の欲望を優先するような悪い牝にはこうですっ」

最初から遠慮する気はないので、子宮が腫れ上がるくらい激しく犯し抜いてやる。

男慣れした人妻の秘窟には、むしろそれで丁度いいくらいだった。

まさに安全度外視な肉便器の扱いに、歓喜の嬌声をこれでもかと響かせてしまう。

「あひっ、激しいっ、めった突きよっ、チンポに殺されちゃうっ、チンポ凄いぃっ！」

「ふふふ、マーノちゃんの母親ならスーザさんも尻尾が性感帯かな？　ほ～らギュッとな」

「くひぃっ、爪を立てたらダメですぅっ、あぁっ、刺激が強すぎて耐えられませんっ！」

「つらいからお仕置きでしょ。まあ、この痛みも快感に思えるようにしてやるよっ」

乱暴に握りしめた尻尾が手の中で痙攣を繰り返す。

それは快感に悶える肉芽の反応にとてもよく似ていた。

「あぁんっ、チンポと爪がぁっ、あひっ、とってもきついですぅっ、で、でも孕みマンコをかき回されると、あひぃっ、なにがなんだかわからなくなっちゃうぅっ！」

「ネットリ吸い付いてくるこの淫乱っぷりなら娘に嫉妬する理由なんてないだろうがっ」

「あひぃ、やっぱりチンポは凄いですぅっ、気持ちいいっ、感じまくっちゃうぅっ！」

「尻尾を虐められても気持ちいいんだ？　ちなみにクリをつねられるのと尻尾をつねられるのどっちが痛いんですか？」

どちらも性感帯とはいえ、粘膜が剥き出しの肉芽のほうが刺激に弱いように思える。

異世界の住人である猫耳獣人の生態に興味を引かれて利いてみた。

やりたい盛り男子による純粋な好奇心と、邪《よこしま》な嗜虐心《しぎゃくしん》のあわせ技だ。

「ど、どっちも同じくらいで興奮してくるとそれだけ尻尾も敏感になっちゃうのぉっ！」

「じゃあ尻尾に爪を立てたままモミモミしてあげようっ」

「ビリビリきておかしくなっちゃいますっ、頭の中で雷が弾けてるみたいですぅっ！」

「チンポへの締め付けは一段と貪欲になって身もふたもなくなってるんだよな～」

それならばと、鋭い痛みを与えたままで人妻の身体をイカせてみたくなる。

きっと、淫母らしいマゾの快感に目覚めてしまうに違いない。

「んひぃっ、チンポぉおぉっ、壊れちゃうっ、でも凄すぎてクセになりそうっ！」

「うわ～、お母さんの乱れかたが、すっかり発情しすぎて頭がおかしくなった人だよ～」

「つまり、マーノちゃんの未来の姿ってことだ。チンポに目がない牝になるってのはこういうことだからさ」

「あぁ、そ、そうですよねっ、ますます子宮が熱くなってくるぅ、ねぇ、チンポ早く戻ってきてくださいよぉ」

「うん、任せろっ、そろそろスーザさんに止めといくかっ」

スーザの子宮に狙いを定めて射精するため、激しく腰を振っていく。

一気に快感が増大したことにより、もう肉棒のことしか考えられなくなる。

「いいっ、ほしいっ、特濃な子種くださいっ、チンポミルク吐き捨てマンコにぃっ！」

「もう母親面するのは無理だねっ、ほら娘の前で牝の本性を丸だしにしてみようかっ」

「太くて硬いのが大好きですぅっ、はち切れそうっ、濃いの出してっ、出してぇっ！」

少年と人妻は同時に達した。

夫では味わえなかった濁流のような射精にスーザは淫靡な咆吼をあげてしまう。

「イグイグイグうぅっ、おおぉおぉっ、たっぷりチンポミルクどぴゅどぴゅうっ！　これ好きぃっ、スーザマンコは中出しされるための肉便器ぃっ、またイクぅううぅっ！」

「さっきのと比べても薄くなってないでしょっ、俺のキンタマって凄くない？」

「コッテリしたのが染み込んできますぅっ、絶倫チンポで最高のキンタマでぇすっ！」

「もう妊娠とか関係なく俺の子種の虜になりました？」

「もちろんなりましたぁっ、おおぉっ、イキまくりマンコは種婿どののモノですぅっ！」

絶頂で全身を痙攣させながら、服従宣言を叫びまくる。

性欲処理の道具にされることが悦びだと子宮が訴えていた。

「んはぁ、はぁ、蕩けるぅ、頭の中までトロトロにされた気分っ、あはぁっ！」

「どうです、まだ自分が娘の劣化品だと思うかい？」

「いいえぇっ、スーザマンコは決して劣化品じゃないでぇす♪　行き着くところまでいった、もう取り返しの付かないレベルのパーフェクトなマゾマンコ肉便器でしたぁ♪」

「そういうこと。これからずっと俺の性欲処理に隷属してもらいますね」

母親が人格無視の肉便器にされる姿を見て、娘はうらやましくてたまらなくなった。

一時的に肉棒をお預けをされていた反動も手伝って、必死に媚びまくる。

「じゃあ次は、一刻も早く私の処女マンコを孕み肉便器マンコにしてくださいっ」

「いいよ、お母さんを見習って立派なチンポ狂いになろうねっ」

生殺し状態だった若々しい秘窟に肉棒を再挿入する。

出迎えの媚肉は、ここぞとばかりに大はしゃぎで締め付けてきた。

「あぁんっ、お帰りなさいませっ、突いてっ、激しくっ、深く犯してくださいぃっ！」

「ちょいと焦らしすぎたかな？　めっちゃ中が熱くなってるよ」

「あぁっ、硬いチンポがグイグイくるぅっ、はち切れそうっ、やっぱりこれ好きぃっ！　早く特濃チンポミルクの味を知りたいですぅっ、孕みアクメで牝になりたいのぉっ！」

淫らな願いを口にするだけあって、膣腔は完全に肉棒と馴染んでいた。

カリ首と膣壁が互いに絡みあうように擦れるため肉便器にはもってこいの牝穴だ。

「種婿どのに気に入ってもらえてうれしいですっ、チンポ扱きの励みになりますっ　こうやってズボズボ突かれていると、ぁはぁっ、だんだん頭の中が真っ白な感じにぃっ！」

「理性が麻痺しそうなくらい気持ちいいんだな」

「そうですぅっ、だからいくらでも赤ちゃんが産めそうな気がしますっ！」

「その調子だっ、俺の性欲処理のために進んで牝穴を捧げる日々が肉便器の日常だぞっ」

マーノの身体は露骨に大喜びしていた。

感度がますます上がって、喘ぎ声も牝の肉欲がだだ漏れになっている。

毎日男根の相手ができるなんて夢のようだと膣穴の締め付けが応えていた。

「あぁっ、尻尾も気持ちいいですっ、強く握られるとそれだけでイッちゃいそうっ！」

「肉便器の素質があることだし、このままマーノちゃんもマゾマンコになるか？」

「爪で虐められちゃうんですかっ、お母さんみたいに激しく犯されるのが大好きな身体になるまでっ！」

「処女だったのに、あっという間にチンポ狂いのマゾマンコなんて凄くない？」

当然種婿はマーノも母親と同じ淫乱肉便器に調教してやる気だった。

もちろん少女に異存はない。

「チンポがとっても興奮してますっ、わかりますっ、私に拒否権はないんですよねっ」

「ははは、だってマーノちゃんが可愛いんだもん。そりゃ淫乱娘に躾けるよね」

「これから孕まされて種婿どののモノになるんですから、むしろ望むところですぅっ！」

「じゃあベテラン人妻マンコのお母さんと同じように犯してあげるよっ！」

牡の独占欲が肉棒をたぎらせる。

子宮をモノにするのはなんど味わっても飽きない心地よさだ。

互いに興奮と快感で脳内麻薬がドパドパ出まくる。

「んおぉおぉっ、響くぅっ、子宮がチンポの指導でメチャクチャ躾けられちゃうっ！」

「どうだっ、こいつでマーノちゃんのお母さんはチンポ狂いにされちゃったんだぜっ」

「あはぁっ、納得ですぅっ！　だって、こんなっ、あひっ、凄いチンポぉおぉっ！」

「でしょ、コレを知ったら人妻でいるより肉便器になるしかないってものよぉ♪」

「くうっ、こみ上げてきたっ、いよいよマーノちゃんも種付けされて牝の仲間入りだ！」

「キンタマいっぱいの子種を全部マーノマンコに詰め込んでほしいですっ！　たくさん奥に出してぇっ、チンポがビクビクってっ、うれしいっ、処女マンコ孕ませてぇっ！」

処女穴を完全に屈服させた肉棒が、これでとどめだと精液を子宮に直撃させる。

活きのいい子種が粘膜を刺激する快感でマーノは絶頂した。

「イッくうぅっ、くあっ、凄い勢いですっ、熱いのがドンドンっ、これが子種っ、チンポミルクのお味は最高ですっ、こんなの病みつきになるに決まってますぅっ！」

「やっぱ凄い吸い付き具合っ、さすがスーザさんの娘だっ、おおっ、孕めっ、孕めぇっ！」

「気持ちいいっ、幸せになっちゃうっ、子宮が蕩けるぅっ、あぁんっ、いいのぉっ！」

「それが孕みアクメってヤツだぞっ、これでマーノちゃんは俺のモノ確定っ！」

なんども断続的に熱い粘塊を子宮に送り込まれて少女は牝に目覚める。

これから先、マーノは種婿に逆らえない肉便器人生が確定した。

「ふはっ、はぁ、あはぁっ、お母さんったらこんな気持ちいい思いしてたんだぁ♪」

「これでマーノも一人前ね。もうチンポのない生活なんて考えられないでしょう♪」

「ふたりともホンワカするのはまだ早いんだなこれが。俺のチンポはどうなっている？」

「たっぷり射精したのに、少しも萎える気配がない勃起チンポのままですぅっ！」

「俺には極上の肉便器が必需品なんだ。スーザさんとマーノちゃんには期待してるぞ」

膣穴から引き抜いた肉棒をふたりに見せつける。

精液と愛液でドロドロに汚れたまま、硬く空を指し示したままだ。

「おまかせください、種婿どのぉ♪　娘といっしょになんどでも孕まされ続けまぁす♪」

「すっかりチンポが大好物になっちゃいましたぁ♪　いっぱいマーノを使ってぇ♪」

「娘が孕まされるところを見てたら、またチンポほしくなってきちゃいましたぁ♪」

「ダメぇ、まだ私の孕みマンコの躾が終わってないんだからぁ、徹底的に犯してぇ♪」

「ははは、慌てなくても俺のチンポは逃げないよ」

ふたりはすっかり発情猫と化していた。

新たな肉便器が増えて少年もとても気分がよかった。

その後、思う存分に猫獣人親子をハメ倒す。

ふたりともイキまくったおかげで最後には失神してしまった。

意識がない相手でもオナホのように扱って性欲処理はできる。

とはいえ、外出中の住人はまだまだいるだろうし、新たな出会いを期待するとしよう。

種婿はぐい～っとのびをして、ふと周囲を見回す。

大木の陰からこちらを伺っていた人影と目があった。

「わわ、こっちを見ましたわ！」

清楚な顔立ちにとがった耳。

おそらくハルハルやインパルのようなエルフ族だろう。

初めて見る人だった。

軽く記憶を確認するが、この前の出迎えにはいなかったはずだ。

「どうも、こんにちは。この村のかたですよね」

「ええ、そうです。私はジュオラルディアマキムゥルストラチュールと申します」

「ジュ……え、あの、ごめんなさい。もう一度いいですか？」

「覚えきれないのであればジュオラルでかまいません。親しい人はみなそう呼びます」

背筋を伸ばし、涼やかな声でそう告げた。

ただし、相変わらず木陰の影に半身を隠したままで。

「ではジュオラルさん。えーと、そこでなにを？」

「なにやら女性の悲鳴のようなものが聞こえたので、心配になって様子を見に来たのですが、その……」

「ああ、俺たちの青姦3Pを、思わずそのままのぞき続けていたってことですね」

「の、のぞきなんてしていません。ちょっとビックリして固まっていただけです」

尖った耳先と頬が赤い。

嫌悪感は見て取れないので、普通に男女の子作りに興味はあるように思える。

「照れなくていいですよ。俺の愛はすべての女性に平等です」

「いえ、平等といわれましても」

「ジュオラルさんもしっかり孕ませてみせます」

「よ、余計なお世話です。そもそも私は永遠の時を生きるハイエルフ、定命の者のように焦っていません」

キッパリと断言した。

しかし、すでに種婿の切っ先は目の前のハイエルフをロックオンしている。

理知的な雰囲気でお高くとまっているクール系美人。

絶倫種付け系男子にとって、堕とし甲斐のある獲物でしかない。

「島の結界だって千年も経てば魔力を消耗して自然消滅するでしょう。それから夫を探しても十分ですから」

「つまり、今すぐ孕んじゃいけない理由だってないってことですね」

「……え、あの、私の話は聞いてました？　だからあなたに相手してもらう必要はないということですわ」

「まあまあ、そう結論を急がず。まあまあ、まあまあ♪」

フレンドリーな笑顔を浮かべながら、ジワジワとにじり寄る。

ほかに人気がない森の中だ。

種婿が欲望のままに彼女を犯しにかかっても、助けの手が現れることはないだろう。

いくら牝に拒絶されようが孕ませてしまえば牡の勝ちだ。

そもそもの話、種婿の直感はこのハイエルフに親近感を覚えている。

つまり、彼女本人が自覚してないであろう肉便器の素質を見いだしているのだ。

「あの、ちょ、ちょっと、なにを……っ！」

「悪いようにはしません。俺といいことしましょうねっ」

種婿は有無をいわさずにハイエルフを押し倒した。

両足を大きく開脚させられた彼女は驚いて気の抜けた悲鳴をあげてしまう。

「あひゃぁっ、あなたなんのつもりですかっ、ちょっと、は、離してくださいっ」

「ふふふ、もしかしたらと思ってたけど、しっかり濡れてますね」

種婿の洞察は気のせいではなかった。

のぞいていた激しい男女の睦みあいでジュオラルはちゃっかり興奮してたのだ。

「ど、どこを見てるのっ、やめてくださいっ、あぁんっ、誰か男の人呼んでぇぇっ！」

「はいはい喚ばれた男が俺ですよ。そしてコイツが男の象徴のチンポ。どうです？」

「仕舞ってくださいっ、あなたとのあいだに子をもうけるつもりはありませんからっ」

「食わず嫌いはいけませんよ。まずは試しに孕んでみましょうよ」

ハイエルフの抗議は綺麗に聞き流し、そそり勃った肉棒で割れ目をなぞった。

これからお前を孕ませるのだと、確固たる意思の存在を主張する。

猫耳母娘がアヘ顔でひっくり返っている惨状を目の当たりにした直後だ。

自分がどんな目に遭うのかは男性経験のない処女でも簡単に察せられた。

「あぁん、ダメですったらっ、あなた頭おかしいんじゃないのっ、ダメっ、離してっ！」

「何人も堕としてきて種付けレベルの上がった俺の直感にピンときまして」

「な、なんの話ですか……っ！」

「あなたは赤ちゃんを産みたくてたまらない欲求不満になってる」

自信満々で断言した。

声に有無をいわせない力も感じられる。

「それになによりっ！」

「な、なにより……？」

「ツンとお高くとまった超絶美人をチンポに目がない肉便器に躾けるのは男のロマンだからですよっ！」

「そんなロマンなんてどこかに捨ててしまいなさいっ、本当にダメですったらぁっ！」

いくら抵抗しても腕力では種婿のほうが上だ。

野生の本能の赴くまま、目の前のハイエルフに勢いよく挿入する。

「きゃあぁっ!?　ダメぇ入ってくるっ、抜いてぇっ！」

「大丈夫っ、ぐっしょりヌルヌルになってたらチンポなんて余裕ですってっ」

「こんな大きいの挿れられたら壊れてしまいますっ！」

「処女マンコごちになりますっ、う～ん、キツキツで可愛いくて気持ちいいっ」

愛液の潤滑剤がスムーズな挿入をサポートしていた。

強引に押し入ってくる男根によって膣腔を拡張されていく。

敏感な部分を蹂躙される衝撃にジュオラルは身をこわばらせてしまう。

「あぁっ、太いのぉっ、グイグイ奥にっ、許してくださいっ、無理ぃ、入りませんっ！」

「そりゃ初めのうちは違和感が大きいだろうね。でもすぐに馴染みますよ」

「はち切れてしまいますっ、こんなにお願いしてるのになんて乱暴な人なのっ！」

種婿を出迎えてくれた妊娠希望者はみんな巨乳揃いだった。

その女性たちに比べたらハイエルフの乳房は若干おとなしめだ。

それでも十分に豊満な部類ではあるので、彼女も成熟した牝なのは間違いない。

「孕みアクメするふたりを見て興奮してたなら手加減の必要ないですって」

「興奮なんてっ、気が触れたみたいにサカリ鳴きするふたりは恐ろしかっただけでっ」

「ビビってたら中が発情してませんよ。ほらヌルヌルもたっぷりだから余裕で入るし」

「ウソですっ、ひぃぃっ、もう限界ですっ、それ以上は入りませんっ、あっ、あぁっ！」

「大丈夫っ、牝のここは上質なゴム顔負けの柔軟性があるんだからっ」

膣内の火照りを肉棒で愉しむ。

拒絶の言葉が理性の建前でしかないことがよくわかるというものだ。

「もう挿れないでぇっ、これ以上拡げられたら元に戻らなくなってしまいますっ！」

「どうせ男は俺だけなんだから、俺のサイズにジャストフィットなら問題ないでしょ？」

「だ、だからそういう問題ではなくて、あぐぐ、こんなこと望んでないとっ！」

「口で嫌がってる振りしても身体はしっかり順応してますよ、さあもうちょっとでっ」

腰に体重を乗せて、肉棒をねじ込んでやった。

膣奥の子宮を押し上げる感触とともに、ジュオラルが息を詰まらせた。

「はい、ズッポリっ！」

「くはぁっ、き、気が遠くなりそうっ、こんな無体なマネしてあとで覚えてなさいっ！」

「チンポにしっとりと吸い付いてくるな。隅々まで発情した熱を帯びているのもエロい」

「深く挿れたままでまさぐらないでぇっ、ひぃ、グリグリかき回しちゃイヤぁっ！」

思ったとおり、どんどん膣腔は馴染んできた。

やはりハイエルフだろうが牝は牝なのだと種婿は興奮を覚える。

この時点で彼の予感は確信へと変わった。

この女性もまた、孕みたがり淫乱肉便器の素質を秘めている。

ならば、まずは自分のモノにしてしまおう。

躾と調教は自分が牝なのだと自覚してからでも遅くはない。

少年は大きなストロークで勢いよく抽挿を開始する。

「あぁっ、あっ、ふあっ、ダメですわっ、やめてっ、お、奥に響いてっ、あぁんっ！」

「おっ、お～、抜き差しにあわせて締め付けてくるなんて、なかなかやりますね」

「奥を突かれて反射的に力んでしまうだけよっ、だからそんなに連続で突かれたらっ！」

「あっという間にチンポの虜になっちゃうんでしょ？　わかってますって」

なんどか膣内を探るうちに子宮の手前あたりの膣壁がザラザラしていることに気づく。

亀頭が擦れるとたまらなく気持ちいい。

Gスポットがカズノコ天井だと互いに感じあえてとてもお得に感じられる。

「おかしくなっちゃうっ、乱暴なのはやめてぇっ、せ、せめてもっと優しくぅっ！」

「ジュオラルさんって、これ絶対最高級肉便器の素質ありますって、俺が保証しますっ」

「なにをバカなことをっ、あひっ、肉便器だなんて私は高貴なハイエルフですよっ！」

「はい、高貴な生まれにふさわしい、男なら誰だって大満足な高級マンコですねっ」

地位や名誉とは無縁の高校生にとって、ハイエルフもハーフエルフも大差はない。

可愛くて胸がデカくてやらせてくれる女の子のほうがよっぽど偉いと思う。

「そんなことといわれてもうれしくありませんっ、ダメですったらっ、あんっ！」

「チンポに悦ばれるのは幸せなことですよ、それが牝の真理ってものですっ」

「そんなの女を欲望のはけ口としか思っていない勝手ないい分じゃないですかっ！」

「牡は孕ませたいし牝は孕みたい。互いに互いを必要としあっている尊い関係だと思うんですけどねぇ」

「冗談じゃありませんっ、イヤですっ、誰があなたとの子供なんてっ、あぁっ！」

キッパリと拒絶の姿勢を見せるハイエルフだが膣腔の反応は正反対だ。

着実に彼女の肉体は男根に懐いてきている。

「高貴な処女マンコがうれしそうな締め付けになってますよ？」

「いい加減なこといわないでくださいっ、だから反射的に力んでしまうだけでっ！」

「これから自分が孕まされるってわかるからでしょ。イヤならグッショリ発情マンコにはならないハズです」

「ち、違いますっ、こんなケダモノみたいに襲われて屈辱でしかありませんわっ！」

身を揺すって種婿の身体を押しのけようとする。

だが肉棒から逃れられるはずもなく、種婿を喜ばせるだけだ。

「そりゃ牡と牝なんですから屈辱だろうがガンガン種付けするに決まってるでしょ？」

「あぁっ、私は牝ではありませんっ、ハイエルフですっ、見くびらないでくださいっ！」

「見くびるもなにも、すっかりチンポに馴染んでますよ。早く子種がほしいって吸い付いてくるんですけど？」

「ほしくなんかありませんっ、そんなのあなたに都合がいい妄想でしかないですわっ！」

「じゃあどっちが正しいのか実際に中出ししてみますね」

種婿にしてみれば結果がわかりきった勝負でしかない。

あとでジュオラルがコロッと態度を変える姿が今から目に浮かぶようだ。

「だから子供はお断りだとっ、あひぃっ、ダメぇ、激しくしないでっ、あっ、あぁっ！」

「チンポが脈打っているのがわかります？　これ射精しそうになってるサインですよっ」

「ウソですっ、冗談じゃありませんわっ、ダメよっ、抜いてっ、出さないでぇっ！　あなたの子なんて孕みたくないっ、激しいっ、壊れそうっ、あひっ、あんっ、あぁぁっ！」

抵抗されればされるほど牝を屈服させる興奮は強まる。

肉棒も獣欲をたぎらせ、子種をハイエルフの子宮にぶちまけた。

「あぁぁっ⁉　くひぃっ、ウソよっ、あぁんっ、イクっ、イッちゃってるぅっ、奥に熱くてなにか凄いものがっ、あぁんっ、熱いっ、痺れるっ、またイカされるぅっ！」

「どうですっ、こいつが子種ですよっ、牝へのご褒美は芯から蕩けるでしょうっ！」

「あひぃっ、これはダメぇっ、あぁんっ、ダメになっちゃうっ、もう出さないでっ！」

「絶品マンコだからドバドバ出るんですっ、つまり途中で止めるのは無理っ！」

「だったら抜いてぇっ、もう出さないでっ、またイクっ、イクイクイクううぅっ！」

彼女の身体はとても感度がいいようで、射精されるたびにあっさりと達してしまう。

牝の反応がいいと牡もはりきり甲斐がある。

これでもかと射精を繰り返し、艶めかしい嬌声を引き出していった。

「ふはっ、はぁ、あぁぁ……っ、なんて酷い人、無理やりイカせるなんて……っ！」

「蕩け顔でにらまれても説得力ないですよ。むしろ感謝してほしいくらいですね」

「ふぅ、うぅっ、ダメっていったのに中で出すなんてっ、絶対に許しませんわっ！」

「ちゃっかり処女マンコで中出しアクメしといて強情な人だなぁ。もうちょっと素直になりません？」

ニヤニヤと勝ち誇った笑みを浮かべながら乳房を弄ぶ。

乳首が硬く勃起しているため摘まんで扱いてやると膣肉がもどかしそうにヒクつく。

女体はすっかり精液の味を気に入ったようだ。

露骨にお代わりを促す締め付けを繰り返していた。

「ふぅ、ふぅ、お黙りなさいっ、私は高貴なハイエルフっ、あなたのような下劣な輩には決して屈しませんっ！」

「じゃあ、もっとご馳走してあげますから、本当の自分ってものに向きあいましょうね」

そうして種婿は肉棒を抜くことなく処女マンコへの連続射精調教を敢行した。

人知を超えた造精機能を有する睾丸をもってすれば造作もないことだ。

——三時間後。

「イグぅっ！　百回目の中出しアクメマンコっ、絶倫勃起チンポしゅきしゅきぃっ！」

「好きなのはチンポだけ？　賢いハイエルフならもっと正確に表現できるでしょ？」

「んひぃっ、ジュオラルをチンポ扱き用孕ませ肉便器にしていただいた種婿どのの素敵チンポでしゅうぅ♪　あふぅっ、また奥にコッテリ特濃チンポミルクぁっ♪　しゅごいぃ、孕みマンコが子種漬けらのぉっ！」

「イキっぱなしで落ちてこない経験は長年生きているハイエルフでも初めてでしょ？」

「もちろん初めてぇ♪　またイクぅっ、百一回目の中出しアクメマンコぉおおっ！」

ハイエルフのプライドは完膚なきまでに粉砕されていた。

すっかり精液漬けにされる快感に魅了されている。

「中が精液でパンパンだから自動でイキ続ける淫乱マンコにはまさに天国ってわけだ」

「頭の中までチンポでいっぱいっ、チンポに完全屈服の幸せジュオラルマンコぉっ！」

「俺のいったとおりでしょ。やっぱ牝は孕んでこそだって」

「おかしくなるぅ、狂っちゃうぅ、チンポいいぃ、牝穴イキっぱなしぃ、あぁぁんっ！」

全身をくねらせながら快感に身もだえしている。

もう二度と高慢なハイエルフの姿は見られることはないだろう。

種婿は肉棒を引き抜いて、ジュオラルから離れる。

散々、犯し抜かれた膣穴はパックリと口を開けたまま元に戻らない。

丸見えの膣壁がおねだりするようにうごめいていた。

「んはぁっ、チンポぉ？　抜いちゃイヤですぅ、もっと種付けしてくださぁい♪」

「牝穴がパクパクしてますよ。もう誰が見ても使用済み肉便器だこれ」

「あぁん、種婿どのの忠実な肉便器のジュオラルマンコで性欲処理お願いしまぁす♪」

「あれだけ抜いてだの俺の子は孕みたくないだのいってたくせにね～」

すっかり可愛くなってしまった。

甘えるように身をすり寄せて、蕩けたまなざしで見上げてくる。

「あふぅ、私が世間知らずでしたぁ、お恥ずかしい限りですぅ♪」

「目が覚めたようでなによりですよ。やっぱチンポは偉大だな」

「孕むことがこんなに気持ちよくて幸せなんてぇ、あぁん、チンポぉ♪」

「これからはその大好きなチンポにずっと肉便器として使ってもらえるんですよ」

「はぁい、ジュオラルディアマキムゥルストラチュールは永遠に高級肉便器でぇす♪」

ハイエルフからは高貴なオーラは消え失せ、完全に媚びきった牝の顔になっている。

またひとり真実の幸せにたどり着いたのだと種婿も満足だった。

# 第五章　酒場でハーレム種付け

種婿の生活は、くる日もくる日も寝ても覚めてもセックス三昧だった。
それが飽きないかと問われたら彼は胸を張って応える。
飽きない！
むしろヤレばヤルほど新たな欲望が股間からこみ上げてくる！
というわけで、今日の種婿は自分のわがままをみんなに叶えてもらうことにした。
集められたのは村にある酒場だ。
「お～、集まってるねぇ。みんなよく似合ってるよ」
ほくほく顔で笑いかける彼の前には、ズラッとバニーガールが立ち並んでいた。
ハーフエルフのハルハル。
ダークエルフのインパル。
ハイエルフのジュオラル。
みんな恥ずかしそうに、それでいて確実に欲情しているのがわかる顔つきだ。
「ありがとうございまぁす。でもウサギの格好をするなんて不思議な気分ですねぇ」

「種婿どのったらそんなにウサギ獣人を孕ませてみたかったんですか？」

「う～ん、ウサギじゃない人をあえてウサギの格好させるのがポイントなんだけどね」

「なるほど。納得ですわ。種婿どのったら女を辱めるのが大好きですもんね♪」

そして、そんな男の好みに応えるべく、マゾっ気も育んでいた三人であった。

もとから素質があったせいか、羞恥心《しゅうちしん》と性欲がすっかり一致してしまっている。

ハルハルが納得顔でうなずく。

「おかげでそういうのに感じちゃう身体にしっかり躾《しつ》けられちゃいましたもん」

「人のことド淫乱だの変態マゾだの好きにいいますけど種婿どのだってつくづく悪い男じゃないですか」

インパルが艶やかな笑みを浮かべながら、彼の胸板を指でつつく。

種婿もその辺の自覚があるので、そりゃそうだよなと抵抗しない。

もっとも、可愛い子に意地悪するのも好きだが、普通にイチャイチャするのも好きだ。

「俺が好き勝手するのも、みんなが美しくて可愛い女性だからってのは大前提ですよ？」

「ほら、素でそういうこというから悪い男なんです。高貴な私をチンポ狂いにした責任とってもらいますわよ」

「はい、は～い！　私は高貴でもなんでもないからチンポ狂いにしてもらったお礼に肉便器がんばりま～す♪」

「まぁなんでもいいや。しっかり俺のことおもてなししてもらうからな」

　わざわざこのバニー接待のためにコスプレ衣装まで作ってもらったのだ。

　今日はとことん王様気分を味わわせてもらうつもりの種婿だった。

　さっそく肉棒で遊ばせてもらうことにする。

　四つん這いにしたハルハルを後ろから貫き、彼女自身に腰を振らせる。

　彼女の膣穴は挿入前から蕩けて潤んでおり、早くもノリノリだ。

「あぁんっ、ハルハルマンコは今日もチンポ扱きがんばりますっ、大きくて幸せぇ♪」

「喉が渇いたら、こちらのお飲み物をどうぞ。お代わりはいくらでもありますから♪」

　インパルは豊満な左右の乳房を手で寄

せて、胸の谷間を器としていた。

給仕役はジュオラルもだ。

こちらは口移しで、腸詰め肉を種婿に差し出している。

「んふぅ、お食事も用意してますので、いつでも申しつけてください♪」

「ハルハルちゃんったら奥までグッショリ濡れてるから、ほら簡単にズッポリだっ」

「あふぅ、専属肉便器たるものチンポには即お相手できなければいけませんからぁ♪」

「インパルさんとジュオラルさんも発情マンコなのはいつでもチンポ扱きができるようにってことかな？」

ふたりに食べさせてもらいつつ、それぞれの股間を指で弄ぶ。

膣穴に挿入したり、クリをくすぐったり、劣情した牝の感触を愉しむ。

「んんぅ、もちろんです♪　種婿どのの性欲処理はなによりも大切な務めですので♪」

「今ではあなたの姿を目にしただけで身体が肉便器態勢になってしまうほどですわ♪」

異世界に召喚されてからの種婿の生活は充実したものとなっていた。

それは同時に、性欲処理を任されるようになった女たちの充実感ともなっている。

種婿は変に格好付けたりせず、自分の性癖をただ漏れにする。

おかげで応えるほうも、彼の好みにあわせた仕草や奉仕に磨きをかけることができた。

「みんなのおかげで俺のチンポはいつもフル勃起だっ」

「ええ、だから今もハルハルマンコがはち切れそうになってまぁすっ♪」

「それでも心を込めて俺専用の肉便器してくれるんでしょ？」

「はいっ、どうかキンタマ空っぽになるまでチンポ扱きに使ってほしいですっ！」

ハルハルが催促するようにクイクイッと甘えるように締め付ける。

まさにエロ可愛いおねだりだ。

種婿が気分よく豪快に腰を振っていくと、たちまちハルハルの嬌声が響き出す。

「あひっ、うれしいですっ、いっぱい気持ちよくなってくださいっ、あはぁっ！」

「いいぞ、ハルハルちゃんのエロエロなところ見せてよ。そういうの得意でしょ？」

「あぁん、チンポで子宮をノックされながら催促されたら抵抗できませぇんっ！」

「インパルさんとジュオラルさんもしっかり本性晒してね」

激しい腰振りと同時に、クリやGスポット責めも欠かさない。

痴態を晒せば晒すほど種婿に悦んでもらえる。

牝と化した女も心置きなく淫靡な欲望を露わにできるというものだった。

「くうぅ、ありがとうございます、ズル剥け勃起クリを好きなだけ虐めてくださぁい♪」

「種婿どのにかき回されると私の卑しい牝穴は蕩ける一方ですわぁ、あっ、あぁぁん♪」

「孕みマンコが甘えちゃいますぅ、好きで好きでたまらない素敵チンポでぇすっ！」

初体験を種婿と迎えたハルハルも、今ではすっかり手慣れたものだ。

娼婦顔負けの多段締めを使いこなす最高級肉便器の貫禄さえあった。

「すべてはこのチンポのおかげですっ、種婿どのの調教はとっても素敵だからぁ♪」

「それこそハルハルちゃんの素質があってこそだって」

「チンポに反応しちゃうっ、イヤらしい締め付けかたを自然に覚えちゃうんでぇすっ！」

「自分の淫乱マンコに自信を持っていいと思うぜ」

「自分好みに躾けるのはさぞや楽しいでしょうね、おかげで私も立派なチンポ狂い♪」

「種婿どのなしでは生きていけない身体にされてしまいましたけど、感謝の心しかありませんわ、あはぁ♪」

インパルとジュオラルも幸せそうだった。

やはり本能には素直になるのが一番だと少年は思う。

自分の欲求に逆らってもストレスになるだけでなにも楽しいことはない。

牝に目覚めた身体は孕ませてくれた肉棒が大好きになっていた。

感謝とお礼の気持ちでいっぱいだ。

種婿が望むのなら、どんな背徳的で変態的な命令でも悦んで従う所存だ。

「今日もみんなバニー接待してくれて俺うれしいよ。また濃いのが出そうっ」

「いっぱい射精してもらえると幸せな気分になれますから、むしろご褒美で～すっ！」

「クリ弄りがねちっこくて楽しんでもらえているようでなによりですっ！」

「種婿どのったら私たちの品のない淫蕩な反応をことのほか悦びますからねぇっ！」

ハルハルも彼の欲望を受け入れ続けることによる肉体の淫乱化の自覚はあった。

恥ずかしい思いをすればするほど興奮してしまう。

村のみんなの前で下品な叫びをあげると、それだけでゾクゾクと背筋が痺れた。

「私はチンポに目がない淫乱肉便器ですって大声で叫ぶのたまらないですよねっ！」

「ハルハルちゃんはいっぱい俺の子供を出産して、性欲処理するための肉便器だしね」

「私もチンポに目がないダークエルフ淫乱肉便器でぇすっ」

「インパルさんも、孕みマンコは俺専用マンコだ」

「高貴な私も種婿どのに孕まされて生まれ変わった身も心もチンポの奴隷ですわぁ♪」

「へへ、みんな可愛すぎだよ。くうぅ、チンポがたぎるなぁっ」

ムラムラが睾丸に充満していく感覚に呼吸が荒くなってくる。

膣腔をかき回している肉棒も、欲望あふれる脈動をしていた。

「凄ぉいっ、感じますっ、もっとハルハルマンコで愉しんでっ！　幸せぇ♪　もっと突いてっ、あひっ、ケモノみたいにぃっ、ふはぁっ、肉便器冥利に尽きますぅっ！」

「いいよいいよ〜、めっちゃドバドバでるように興奮させてくれっ」

腰を打ち付けながらストレートに要望する。

牡から性欲の対象にされるとテンションが上がるのが牝だ。

てもヒどのはとても男らしいのぉ♪」


「種婿どのってけっこう甘えん坊ですよね、チンポはあんなにわがままな暴君なのに♪」

「牝を支配して孕ませたいと思うのは牡の本能ですわっ、あぁんっ、つまり種婿どのはとても男らしいのぉ♪」

インパルとジュオラルが腰をくねらせ、種婿の指を締め付ける。

肉棒の順番待ちをしているので、眼差しも切なげな熱を帯びている。

直接、種婿の性欲処理に励んでいるハルハルはそろそろ限界に近づいてきた。

「熱くて硬いので埋め尽くされていると、このために生きてるぅって感じが凄いですっ、蕩けちゃいますぅ、頭の中までチンポ一色ぅっ、あひっ、チンポ扱き幸せでぇすっ！」

「そろそろいい感じにがムラムラしてきたっ、このままスッキリさせてもらおうかな～」

「してしてぇっ、いっぱいハルハルマンコで性欲処理お願いしますぅっ、あぁっ！」

「種婿どのが弄りまくるからこちらもそろそろっ、どうかいっしょにイカせてっ！」

「指先ひとつで簡単に牝穴アクメに達してしまう淫乱ハイエルフにどうかお慈悲をぉ♪」

「しょうがないなぁ。いいよ、三人仲良くイヤらしい牝鳴きをあげてもらおうかっ」

恩着せがましい笑顔で派手に腰を振り始める。

すでに睾丸は十分に温まっているので、急激に射精欲が昂ぶってきた。

「ありがとうございますっ、中出しラストスパートでめった突きうれしいですっ、キンタマにいっぱい詰まってる子種をぜぇんぶだしてくださいっ、凄いっ、あああぁっ！」

「くぉぉおっ、ハルハルちゃん出すぞっ、イケっ、派手に牝鳴きするんだっ！」

慣れ親しんだハルハルの膣奥めがけて引き金を引いた。

たちまち熱い粘塊によって子宮を犯されると同時にハルハルも絶頂する。

「感じますっ、熱いのたっぷりドピュドピュチンポぉっ、イッちゃうのぉおぉっ！」

さらに指で追い立てられたインパルとジュオラルからも嬌声が響く。

「くひぃっ、種婿どのぉ、イッてますっ、インパルマンコイカされてしまいましたぁ♪」

「ふあっ、あぁっ、いいですわぁっ、くぅんっ、イクイク孕みマンコぉおぉん♪」

「やっぱ子種は子宮めがけてぶっ放すと爽快感が違うなっ、もっとご馳走してあげるっ」

「あひっ、あぁんっ、中出しアクメはなんど経験しても最高ですっ、イクぅっ、ふあっ、おおうっ、飛んじゃうぅっ、おかしくなるっ、ぜぇんぶチンポになっちゃうのぉっ！」

「ははは、みんな肉便器として日々進化してるよなっ」

妊娠した女たちは全身の感度が上がってすぐにイッてしまう体質になっていた。

さらに快感の大きさと質も段違いなのでますます性奉仕にのめり込んでしまう。

「子種たっぷりのチンポ汁が粘膜に染み込んでくる感覚は牝ならではの特権でぇす♪」

「極上のお酒に近い酩酊感が押し寄せてきてクラクラするものねぇ、肉便器が病みつきになるわけよ♪」

「んふふ、お飲み物とお食事のお代わりはいかがします？　もちろん肉便器のお代わりも

まだまだあります♪」

　三人ともまだまだ種婿が身体を求めてくるのはわかっていた。

そして、求められることに牝の優越感と悦びもある。

誠心誠意、尽くして極上のひとときを彼に味わってもらえるならなによりだ。

次の種婿のオーダーはハルハルが食事係でインパルが肉便器役だった。

必然的にジュオラルが飲み物の器役になる。

「はぁ、はぁ、はぁい♪　手を使わないで食事係ですねぇ、がんばりまぁす♪」

「うふふ、子種なしでイカされるのはただの焦らし責めですからね。今から孕みマンコがうずきますぅ♪」

「あのぉ、ほかの方々と違って、私はあまり器としてはその、おっぱいが……」

「大丈夫。ムッチリした太ももがあるじゃないか」

足をピッチリ閉じた上で股間に注げば十分に液体でも貯めることができる。

しかも液体を飲むときに間近で割れ目を鑑賞できるのでひと粒で二度美味しい。

「なるほど、素晴らしいアイディアです。しかもお酒がクリに染みそうで……興奮してしまいますわ♪」

ちゃんと自分も種婿の役に立てるとジュオラルは満面の笑みだ。

ハルハルも少年が悦びそうな恥ずかしい方法を模索する。

「だったら私は口移しじゃなくてソーセージ孕みマンコ移しでがんばっちゃおう♪」

「盛り上がってきましたね。これだから種婿の肉便器はやめられませんっ、チンポ扱きが捗りまぁす♪」

みんなのテンションがどんどんおかしくなっていく。

種婿も喜び勇んで彼女たちの秘窟で愉しんでいった。

誰にも遠慮する必要がない立場なので彼女たちの都合はお構いなしだ。

彼は際限なくこみ上げてくる股間の欲望のままに遊びまくる。

結果。

先にエルフの三人がイキすぎにより失神してしまった。

だけど少年は慌てない。

なぜなら可愛い肉便器たちならまだまだいるからだ。

「てなわけで、みんなに集まってもらったのだよ。お疲れさま」

ニコニコと股間の肉棒を勃起させたままの彼の前に追加の女性たちが並んでいる。

オーガのフリーダ。

淫魔のバルボーラ。

猫獣人母のスーザ。

ドワーフのナーギ。

「いきなり連絡よこすのはいいとしてだ。家から素っ裸のままこいなんて相変わらず横暴なヤツだな♪」

「おかげで会う人みんなに、また肉便器させられにいくのねってからかわれて恥ずかしいったらなかったわ♪」

「ふふ、でも全裸で来なかったらチンポはお預けでずっと見学だなんていわれたら♪」

「まったく、あたしらが逆らえないからってホントやりたい放題だな♪」

みんな種婿の俺の命令に逆らう気はゼロだった。

全裸で乳房を弾ませながらここまでやってきたのかと思うと少年は感慨深い。

なんだかんだで四人ともすっかり欲情している。

種婿なりにド変態のマゾ牝たちにサービスしてやったつもりだ。

「ははは、チェックしてあげるからそこにズラッと尻を並べてみよっか」

彼がニヤニヤしながら顎で指図する。

みんな慣れたもので頬を染めながらいそいそと従った。

種婿に尻を向けて四つん這いになる。

ちょっとした品評会気分だ。

案の定、みんなグッショリと秘部を濡らしていた。

「ほら、やっぱりな。どうしてこうなのかひとりずつ説明してよ」

「そりゃ、また失神するまでチンポで虐めてもらえるからにきまってるだろ〜♪」

「種婿どのの目論見どおり、強制露出プレイをさせられたからよ♪」

「肉便器に使ってもらえるのはなによりの悦びですからね♪」

「やっぱどうしたって期待しちまうよ。そこにエルフの娘っ子どもがひっくり返ってる姿を晒してるしな♪」

これなら即挿入でも問題ないと、肉棒の先端から我慢汁がしたたり落ちる。

種婿にすれば目移りする光景だ。

そこでまずは立候補を募る。

「ここは上手にチンポねだりできた肉便器から愉しませてもらうとするか」

「はいっ、もちろんあたしから頼むよっ、オーガのキツキツ筋肉オナホはお好きだろ？」

さっそく目を爛々とさせながらフリーダが誘うように尻を振り出す。

ほかの三人もそれに続くかと思われたが、バルボーラがはたと指摘する。

「みんなチンポ汁まみれのアヘ顔失神させられるから順番はあまり意味がないんじゃ？」

「いわれてみれば……こちらがお腹いっぱいになってからのねちっこさが本領発揮みたいですしね」

「頭おかしくなるから休ませてってお願いすると逆に張り切って犯しにかかるしな」

スーザとナーギも同意見だった。

深く考えることなく本能の赴くままやりたい放題してきた種婿はきょとんとする。

「え、そう？　いや、改めて思い返せばそうかも……」

というか、ほぼそのパターンばかりだったことに今さらながら気づかされた。

素で無自覚だったのだ。

だからといって、それで反省することはみじんも思わないからだ。

悪いことをしてしまったとはみじんも思わないからだ。

フリーダもニヤニヤしながら、種婿の天然っぷりをうれしそうにしている。

「ま、あたしらにはそれが普通にご褒美なマゾマンコにされちゃったけどさ」

「うふふ、チンポねだりなんて、種婿どのにしてみれば時間の無駄じゃない？」

「我慢汁が次々としたたり落ちて床に小さな水たまりができてるくらいですしね」

「キンタマぱんぱんになってない？　まずはズブッと挿れてからにするかい？」

「それもそうだなっ。まずは挿れるっ、恥ずかしがらせて遊ぶのはそれからだっ」

もとから彼に世間体や倫理観に属する理屈なんてない。

欲望のまま目の前の膣穴めがけて肉棒をねじ込んだ。

大きな嬌声を響かせたのはバルボーラだ。

「チンポうれしいっ、ありがとうございますぅっ、いっぱい突いてっ、いいのぉっ！」

彼女の孕み穴は奥までしっかり火照っていた。

かなり感度も上がっているようで、肉棒の動きに同調して収縮を繰り返す。

「あひっ、チンポ扱きが大好きなのぉっ、あぁんっ、もっと肉便器にしてぇっ！」

「いい声で鳴いてるねぇ。けど、あたしだって負けてないよっ、ほらほら、こっちも鳴かせてみなよ♪」

バルボーラの喘ぎ声に触発されて、フリーダも尻を振ってアピールした。

スーザとナーギも負けていない。

「こっちはサイズ違いのキツキツマンコだ。強引にチンポで馴染ませるの好きだろ？」

「そういや回復力がすごいせいか、せっかく拡張しても一日で戻っちゃうんだよな〜」

「体質の違いですかね。私は完全にチンポの形から戻らなくなってしまいましたが♪」

種族や個人差により、まさに千差万別の抱き心地が愉しめる。

ハーレム生活を享受する種婿にとってこの村はまさに理想郷だった。

淫魔にとっても、たくましい肉棒に不自由しない今の毎日は夢のような生活だ。

「あひっ、あはぁっ、それって牝の本能で旦那さんより種婿どのを選んだからでしょ？ このチンポさえあれば、もうなにもいらないなんて牝なら誰でも思うわっ、あはぁっ！」

「そうそれ♪ 普通の夫の人妻でいるより、種婿どのの肉便器でいるほうが幸せだって知ってしまいました♪」

「無尽蔵に子種がわいてくるキンタマをもってる絶倫チンポの種婿どのだからこそだな。そりゃ惚れちまうよ」

結婚経験のある猫獣人母とドワーフの言葉だけに実感がこもっていた。

堕とした牝からの賛辞に、伸びるのは種婿の鼻と股間だ。

「へへ、俺褒められて伸びるタイプだからもっと褒めてくれてもいいぞ」

不意打ちでナーギの膣穴に肉棒を打ち込んでやった。

「あぁんっ、いきなりぃ♪　くうぅっ、大きいぃっ、いいのぉっ、子宮が痺れるぅっ！」

「ナーギマンコは甘えん坊だからなぁ。ほら、おかみさん、俺のどの辺に惚れたのかまた聞かせてくれ」

「乱暴で雄々しいカリ高勃起チンポだよぉっ、響くぅっ、もっとかき回しておくれっ！」

彼女の飾りのない嬌声に順番待ちをしている女たちも子宮の昂ぶりを覚える。

早く種婿に犯されたい。

思い切り性欲処理の道具にされて、気絶するまで中出しされまくりたい。

共通する思いはまさに牝の欲望だ。

フリーダの膣口は物欲しげにヒクつき、愛液をさらにあふれさせる。

「自分が狩られる側の獲物で、支配される側の家畜で、問答無用で孕まされる側の牝だって自覚するよな♪」

「そんなチンポにベタ惚れだから肉便器に使ってもらえるのが誇らしく感じちゃううぅ♪」

バルボーラも、また早く自分の身体に戻ってきてほしいと秘窟を火照らせていた。

スーザは母親の顔から発情期の牝猫の顔になっている。

「しかも、どんな種族でも分け隔てなく平等に扱ってくれますからね～♪」

「あぁんっ、みんな平等に性欲処理用の肉便器だもんな♪　あひっ、チンポ扱きに使ってもらえて最高ぉっ！」

小柄なドワーフの主観ではフィストファックされているのとさほど大差がない。

許容量を超えた男根で蹂躙《じゅうりん》される快感は凄まじく、ナーギは白目を剥く寸前だ。

「みんな俺と相性がいい孕みたがりのド淫乱ばかりってのもポイントなんだけどね」

「気持ちよすぎてなにも考えられなくなるぅ、いっぱいナーギマンコ犯してぇっ！」

「ナーギさんったら幸せそう。ほかのチンポを知ってるとそうなっちゃいますよねぇ♪」

スーザは心からうらやましそうに、隣のナーギを見ている。

そんな人妻たちを、これまたうらやましそうに見ているのはバルボーラだ。

「確かに比較対象があると、より種婿どのの素晴らしさを実感しちゃいそうね～」

「処女マンコだって同じであたしらみんななにをされても許しちまう都合のいい牝に成り下がっちまったしな」

「この前さ、おかみさんの職場で仕事中ずっと人形オナホごっこしたら面白かったぞ」

「あぁんっ、あれ以来、若い連中からチンポケースのおかみさんってからかわれるようになったんだけど？」

「ははは、それがご褒美なクセに」

「当たり前だろ♪　あひっ、あぁん、チンポ最高ぉっ、もっと犯しておくれよっ！」

なんだかんだで見習いたちがうらやましそうな顔してたのが優越感だった。

種婿に関わった女は年齢にかかわらず牝に目覚めずにはいられない。

みんな救いようのない淫乱マゾに躾けられてしまったものだと自然に顔が緩む。

「私も娘も、チンポ狂い♪　つくづく種婿は悪いお人だわ♪」

「チンポに負けるゾクゾクするような快感は牝でしか味わえないもんな」

破瓜のときの興奮を思いだしただけでフリーダは濡れてしまう。

自分を孕ませた牡には、一生を尽くしても惜しくない恩義さえ抱いてしまうのが牝だ。

「ふふふ、それはこのチンポのことかな？」

油断気味だったフリーダの膣腔を萎える気配のない剛直が強襲する。

「くひぃっ、そ、そうだぁっ、このチンポだよっ、くうぅっ、たくましぃぃ！」

酷く硬くて熱かった。

焼けた鉄棒をねじ込まれたような衝撃を覚え、快感の濁流に意識を持ってかれそうだ。

勝ち気なオーガを手懐けるには圧倒的な肉棒が一番だった。

「フリーダってチンポで組み伏せられるのホント好きだよな。そこが可愛いんだけどさ」

「ふふ、男に求められるのが嫌いな女はいないもの。それが自分好みの牡だったらなおさらでしょ」

処女の淫魔だったバルボーラも今ではいっぱしの評論家めいた力が言葉にあった。

スーザも人妻ならではの身もふたもない説得力がある。

「問答無用で肉便器にしたくなるほど気に入ってもらえてるなんて、プライドをくすぐられちゃいます♪」

「そりゃおかみさんが若い連中に優越感を覚えるわけだ」

「孕ませられる快感はチンポならではだろ？　ほかでは味わえないものだからねぇ♪」

まだ肉棒で埋め尽くされているような感触が膣腔に残っており、ナーギの呼吸は荒い。

フリーダは子宮を押し上げられるたびに走る痺れるような快感に酔いしれる。

「いいぞっ、種婿どのぉっ、ゴリゴリって立派なカリ首にこすられると蕩けちまうぅ！」

「いかにも体育会系パワーキャラのフリーダがチンポひとつでいいなりだもんな」

「派手に犯されてるだけで腰が抜けて、抵抗できなくなっちまうんだから仕方ないだろ♪」

腕力だけではどうにもならないものがあると、この男根に教えられたのだ。

男に権力や解消を求める女もいるだろうが、この場にいる牝たちは違う。

少なくとも彼女たちが必要としているものは活きのいい子種だ。

確実に牝を孕ませる能力だけでも貴重なのに、この上ない快感まで付属してくるのだ。

ナーギあたりにいわせれば種婿に求める姿は常に牝を孕ますことに専念するヒモだ。

「むしろあたしらがいくらでも養ってやるさね。悪い条件じゃないだろ？」

「俺も働いたり勉強したりなんかするよりも、日がなずっと肉便器と遊んでいたいぞ」

「あひっ、あんっ、ま、任せなっ、なんでもしてやるっ、貢いでやるっ、だからいっぱいオーガマンコにチンポしてぇ♪」

「種婿どのも幸せだし、私たちも幸せ♪　これはもう種婿どのの役職はこの村のハーレム王に決定でしょう♪」

「いいね。まさに俺の理想の生活だ。ヤリまくりの孕ませまくり、最高じゃないかっ」

バルボーラに任命されるまでもなく、最初からハーレムの主でいたつもりの種婿だ。

誰を性欲処理に使うか、すべては種婿の気分次第。

「あひぃっ、あぁぁっ、ホント不意打ちが好きなんだからっ、あんっ、チンポいいぃ♪」

「こんなふうになっ！」

淫魔らしい艶やかな嬌声だった。

反対に不満たらたらな荒い息をつくのはフリーダだ。

「あぁ、いい感じでイケそうだったのに、くうぅ、頼む、早く戻ってきてくれっ！」

「お預けにすると欲情して充血した牝穴が媚びるようにヒクヒクするのが可愛いよな」

フリーダだけではなく、スーザやナーギもおねだりのヒクつきを繰り返している。

もとより中出しされる快感を知ってしまった牝の身体だ。

絶頂前にお預けを受けたら絶対にガマンなんてできるわけがない。

かといって、今日はまだ挿入されていないスーザにしても大変なことになっている。

「あぁん、焦らされすぎてマン汁が止まりませぇん♪」

「くはっ、種婿どのもかなりチンポがガチガチになってるじゃないのっ！　そろそろキンタマが満タンでイキたくなってきたでしょ、このまま私の中で出していいわよ？」

「よし、それもそうだね。どうせこのあとは何回もみんなの牝穴でヤリまくるんだし」

種婿がラストスパートをかけると、バルボーラの喘ぎ声が一段と激しくなった。

「あぁっ、あはぁっ、いいわっ、もっと激しくぅっ、あひっ、痺れるっ、熱いのぉっ！」

「うん、イヤらしくて絡みつくようなネットリとした締め付けでチンポが天国だよっ」

それぞれ味のある蜜壺での谷渡りで肉棒もガマンの限界だった。

睾丸がせり上がり、一気に射精体勢に入る。

「あぁっ、チンポ最高ぉっ、お願いよっ、孕みマンコに子種をぶちまけてちょうだいっ！

バルボーラマンコは種婿どの専用のザー汁処理用肉便器だからぁっ、あっ、あぁっ！」

「出すよバルボーラさんっ、さあ喰らえっ、うおぉおぉおっ！　くはぁっ！」

「イッくうううぅっ、あはぁっ、いっぱい熱いのドピュドピュってつ、あぁん、いいっ、イクイクぅっ！」

熱い精液で胎内を満たされる、すっかり慣れ親しんだ快楽だった。

躾けられた牝の条件反射で、淫魔は立て続けの絶頂に歓喜の嬌声をあげる。

「ふはぁっ、おほぉおぉっ、もっと出してぇっ、キンタマ空っぽになるまでぇっ！」

「気持ちいいよバルボーラさんの種付け済み肉便器っ、だからもっと出すねっ」

「あぁんっ、お代わり大歓迎よっ、奥で感じるぅっ、素敵な子種汁に犯されてるぅっ！」

「肉便器だけあって吸引力も絶品だっ、くぅっ、キンタマすっきり爽快だよっ」

「うれしいっ、バルボーラはチンポに役立つ牝よっ、種婿どの専用肉便器ぃっ！」

散々、下品で派手な賛美を口にしながら、特濃の精液を膣奥で受け止めていく。

時間にして数十秒だろうが、牝にとっては永劫に等しい官能の絶頂タイムだ。

肉棒が脈動して子種を吐き出すたびに、感謝の念が湧き起こる。

バルボーラの意識が現実に引き戻されるのは、種婿の射精にひと区切りがついたときだ。

「ふはぁ、中出しアクメさせてもらって子宮がとっても幸せ気分っ、あはぁっ！」

「次はあたしがキンタマ空っぽにしてやる係なっ、フリーダマンコで遊んでくれっ！」

「そんな係なら誰だってなりたいってのっ、さあ種婿どの、背徳的な気分になれるキッツマンコをどうぞ♪」

「いえいえ、ここまで十分に焦らされたスーザマンコをどうぞ♪　もうマン汁がお漏らしレベルですからぁ♪」

「そう慌てるなって。ここからはペース上げてくよっ」

圧倒的な絶倫を誇る肉棒で入れ替わり立ち替わりでハメまくってやるつもりだ。

中出しされたばかりのバルボーラも、さっそく卑しいおねだりを口にする。

「はぁい、どんどん犯してちょうだい♪　いくらでもチンポ扱きに使ってねぇ～♪」

「チンポ狂いにされたフリーダマンコをさらにおかしくなるまで躾けていいぞ♪」

「晒し者のオナホ人形にするのも好きだろ？　見物人を呼んでくれてもいいんだよ？」

「早くくださいぃ、昨夜みたいにチンポほしいニャンっておねだりすればいいですか♪」

みんな心から彼に犯されたがっていた。

まさによりどりみどり。

もちろん種婿は遠慮することなく、片っ端に性欲処理で牝穴を貪っていく。

そして――

窓の外が明るくなっていた。

酒場なのにアルコールではなく、ムッとするような交尾の淫臭が充満している。

種婿はさっぱりとした顔つきで額の汗を拭う。

「ふうぅ～、最高の充実感！」

「はぁ、はぁ、バルボーラマンコに力はいらないのぉ、あはぁ、中出しザー汁垂れ流しになっちゃううぅっ♥」

「あふぅ、今日も種婿どのにボロ負けしちまったぁ〜♪　さっすがフリーダマンコのご主人さまぁっ♥」

「あぁん、ナーギマンコにチンポの感触がこびりついてるぅ♪　まだズッポリ犯されてるみたいだぁっ♥」

「ニャァン♥　寝取り済み孕ませスーザマンコがニャンニャンチンポニャアンっ♥」

気づいたら次の日の朝になっていた。

みんなアヘ顔トリップしている。

とっくに限界を超えているのに数時間にもわたって連続絶頂させられたからだ。

「ま、そのための肉便器だし、俺のチンポの役に立ててみんなも誇らしいでしょ」

「あはぁ、種婿どの大好きぃ♪　一生肉便器にされ続けるなんて幸せマンコなのぉっ！」

「負け牝マンコのフリーダはぁ、なんでもいうこと聞くからもっと肉便器にしてぇ♥」

「身体中チンポミルクまみれで匂いが染みついちまうぅ、素敵すぎだろぉっ♥」

「んはぁ、イカされすぎて死にそうですニャア♪　でもチンポになら殺されてもいいくらい大好きニャァン♥」

みんなそろいもそろって種婿に心酔していた。

体液まみれの淫らな肢体を見下ろしていると、牡の支配欲を刺激されて気分がいい。

やはり自分はハーレムの主にふさわしい牡なのだと自尊心もひとしおだ。

そして王たるもの、恩恵は平等に与えるべきだ。

種婿は朝食を取ったらひと眠りして、またほかの肉便器たちを集めて遊ぶことにした。

# 第六章　妊婦だろうが種付け

種婿が異世界に召喚されて、かれこれ半年以上は経っただろうか。
普通の学生からヤリまくりハーレム王へ。
もうすっかりセックス三昧の生活に馴染んだ感がある。
それはさておき、この村にはこじんまりとした共同浴場があった。
浴場といっても実情は川の水を引いてきた、小さなため池のようなものだ。
衝立で浴場を囲っているのでプライバシーにも配慮されている。
一日働いてかいた汗を流すだけなら、これだけでも十分な施設だ。
だが、日本人の感性では温かい湯船にゆっくりと浸かりたくなるのが人情だ。
水風呂が許されるのはサウナかガマン大会くらいだろう。
そこで種婿のわがままで共同浴場を露天風呂風に模様替えしてもらった。
お湯をためる部分を増設し、魔法的な道具で二十四時間いつでも利用可能にしたのだ。
もちろん複数人で使えるような広さも確保している。
それ以来、種婿が入浴するときはいつも混浴だ。

身体の隅々まで女の子たちに洗ってもらっている。

「さ〜って、今日のソープ嬢係は誰かな〜？」

彼が肉棒を見せびらかせながら問いかける。

あらかじめ控えていた四人のボテ腹娘が元気に手を上げた。

「一番、エウロ！　今日もよろしくね種婿どのぉ♪」

「二番、マーノ！　ゴロゴロニャンニャンでがんばるよ〜♪」

「三番、プラッタ！　種婿さんの身体すみずみまで綺麗さっぱりにしてあげる♪」

「四番サーボ！　もちろん重点的にさっぱりさせてあげるのはチンポだよ♪」

「みんなボテ腹になってもチンポ奉仕への熱意が衰えないようでうれしいよ」

種婿の心からの賛辞だった。

彼にしても、誰ひとりとしてマンネリ感を覚えなかった。

みんな可愛くてエロくて積極的で、いくら抱いても飽きない。

美人は三日で飽きるとなにかの本で読んだが、いくらでも犯してやりたくなる。

種婿の女性に対する好意と性欲は、まさに無尽蔵だった。

娘たちにしても、彼に対する冷めない想いは当たり前のことだ。

牛獣人娘のエウロがまた一段と大きくなった乳房を揺らしながら身をすり寄せる。

「種婿どのにいっぱい射精してもらえると、うれしくなっちゃうもん」

「ドピュドピュしながら気持ちよさそうに脈打ってるチンポってなんか可愛いよね」

猫獣人娘のマーノもゴロゴロと喉を鳴らしながら少年に抱きついてきた。

人間種のプラッタはそそり勃つ肉棒を目にして紅潮した頬が緩みぱなしだ。

「ずっと眺めていたい感じかも。一番いいのはずっぽり奥まで生ハメだけど♪」

「ボクたちは種婿どののモノだから、チンポへのご奉仕がなによりの生きがいだもん♪」

犬獣人娘のサーボが元気いっぱい、種婿のまわりをグルグルと回っている。

「みんな可愛いな〜、チンポビンビンだよ。んじゃ早速ボディ洗いからお願いするかな」

彼が仰向けになると、みんな心得たと

ばかり群がってくる。

最初に跨がったのはプラッタだ。

泡まみれのボテ腹裸体は見ているだけでも扇情的だ。

媚肉の締め付けも心地よく、性欲処理には申し分ない。

「んあっ、あぁんっ、まずはチンポ洗いを担当ね、んんぅ、大きいぃ、カリ首の段差にも吸い付くように密着する調教済み肉便器はぁ、チンポ洗いにも最適なのぉ、あはぁ♪」

「すっかりプロ級の締め付けテクニックだ。くうぅ、みんなの上達っぷりには感動だね」

「そりゃどこかの誰かさんが毎日のようにイヤらしい奉仕を要求してくるからでしょ♪」

エウロが種婿の胸板をつつくと、サーボが同意だとうなずく。

「上手にできないとチンポお預けの刑にされちゃうんだからボクたちだって必死になるよ」

「このおっぱいをボディタオルにするのだって、教えてもらえるまで知らなかったし」

マーノが胸をこすりつけると、勃起した乳首がこそばゆかった。

プラッタが腰を振ると、大きな腹部がいかにも重そうだった。

妊婦の膨らんだ腹部は、牡に種付けされたなによりの証明だ。

この牝は俺のモノだと所有権を主張しているようで種婿はうれしくなる。

そして悦んでいるのは妊婦の側も同様だ。

妊娠してからというもの、身体中が性感帯になってしまった。

なにをされても気持ちいいから、種婿への奉仕も捗るというものだ。

「自分は種婿さんの肉便器になっちゃったんだって心から納得させられたわっ！」

「俺のためにチンポに都合がいい身体になってくれるなんてまさに愛だね、エロスだね」

エウロとサーボがうなずき返す。

「種婿どのが好きで好きでたまらないもの♪　いくらでも赤ちゃんほしくなっちゃう♪」

「身体が一日中ずっとチンポ求めちゃってるよね、だからご奉仕するの大好き♪」

マーノも種婿に抱きついたままうっとりとしている。

「頭の中がじかに痺れてきて全身がフワフワした不思議な感じになっちゃうぅ！」

少年にしてみれば、可愛い女の子が肉便器になってくれるなんて最高に男のロマンだ。

肉棒に心酔するようなドスケベなところも可愛くて仕方がない。

プラッタも身体で種婿の気持ちを感じ取っている。

勃起中の肉棒はなによりも雄弁だ。

種婿が欲情しているのだから、子宮だって反応せずにはいられない。

「もっとムラムラしてぇっ、私の中でいっぱいドピュドピュしてぇっ！」

「もちろん中出ししてあげるよ。そのための肉便器なんだし」

ただし、素直に射精してくれるような少年ではない。

ちゃんと牝の欲望を露わにした下品で心のこもった奉仕が必要だ。

「はぁい♪　いっぱいチンポ扱くわっ、種婿さんにケダモノになってもらうのぉっ！」

プラッタの膣内の細かい肉ヒダはミミズ千匹とも呼ばれる名器だった。

肉棒奉仕に従事する肉便器はまさに天職だ。

ほかの娘たちも甲乙つけがたいレベルで天性の素質を持っている。

牛獣人娘のエウロのボディ洗いは、やはり特大の豊乳が大活躍だ。

「んふぅ、種婿どのって私たちのこと最初からイヤらしい目で見てたから、興奮させるのけっこう簡単だよね」

犬獣人娘のサーボも巨乳だ。

その張りと弾力は元気いっぱいの従順系で男好きするものだ。

「はぁ、こうやっておっぱいを押しつけるだけで、いっぱい元気になってくれるし♪」

猫獣人娘のマーノの乳房は柔軟でとても蠱惑的《こわくてき》だ。

「ほ〜ら、このおっぱいも種婿どのが育てたおっぱいだよ〜、あ、おっぱいだニャア♪」

「種婿さんったら正直すぎぃっ、ビンビンに反応してますます大きくするんだもん♪」

「そりゃおっぱいで揉みくちゃにされたら興奮するに決まってるだろ〜」

「あっ、あぁっ、どんどんいけない気分になって心も身体も肉便器になっちゃうぅっ！」

「いいぞ、その調子だっ、めっちゃチンポ気持ちいいっ、さあほかのみんなもスイッチいれていこうかっ」

種婿が鼓舞すると、左右からのボディ洗いが大胆になる。

恵まれたボリュームの巨乳がここぞとばかりに、牡の肉欲を煽りにかかる。

元から母乳体質のエウロはもちろん、ほかの娘たちも妊娠による変化があった。

乳房を揺らしながらエウロがうれしそうに声を漏らす。

「んんぅ、ふぁ、はぁい、あぁん、きたきた♪　おっぱい張ってきたぁっ、あぁぁっ！」

「ボクもぉ♪　お乳がでそう、種婿どのが大好きな母乳をたっぷりかけてあげるぅっ！」

「ニャアン♪　おっぱいも種婿どののモノ好きなだけ愉しんでぇ、あぁんっ！」

ツンと硬く勃起している乳首から一斉に母乳が吹き出た。

種婿の上で腰を振っているプラッタも、自ら乳房を絞って母乳を出している。

ミルクが水鉄砲のように宙を舞うたびに、乳首がくすぐられるような快感を覚えた。

「おお～、みんなたっぷり母乳がでるようになったな～、甘くていい匂いだぞ」

「あひっ、ぜぇんぶ種婿さんに孕ませてもらえたおかげだね、はぁ、あぁぁっ！」

「さらに感度があがってくると搾乳アクメもできる身体になるんだよ♪」

「さすが母乳体質だったエウロは詳しいね。ボクも早くその域にまで達してみたい！」

「そのためにはやっぱりいっぱいチンポで突いてもらって、おっぱいもオモチャにしてもらわないと！」

「うん、俺に任せろ、みんなのおっぱいも大きな可能性を秘めているはずだしな」

肉便器の淫乱化は種婿も望むところだった。

ノリノリで性奉仕に励む可愛い女の子を前にしたら肉棒だって大喜びだ。

膣腔で暴れ回る男根を懸命に扱きながら、プラッタはさらに喜色を露わにする。

「あぁん、もっとイヤらしい身体にされちゃうんだ？　今だってチンポなしじゃ生きていけないのに♪　でもすっごく興奮しちゃうぅ、身体中が大歓迎しちゃってるぅっ！」

彼女の身体も、グイグイと貪欲に肉棒を締め付けてさらなる躾《しつけ》を望んでいた。

「そっか〜、プラッタはもっと肉便器らしい淫乱孕みマンコになりたいか〜」

「あんっ、私のマンコはチンポには絶対ウソがつけないのぉっ！　だって太くて硬くて熱い生々しいチンポに奥まで埋め尽くされるのが大好きな肉便器マンコだからぁ♪」

「みんなすっかりチンポにドハマリしちゃったもんね。おかげで俺も毎日飽きないよ」

ただ毎日ひたすらセックス三昧の種婿だが村の住民からの支持は絶大だ。

本能的に牝が自然に尽くしたくなる牡が彼だった。

もうそこに理屈はない。

種婿に孕まされたいとそう身体が感じてしまう。

だからなんでもしてあげたくなるし、なにをされても好きになってしまう。

「いっぱい気持ちよくなってぇっ、いくらでも孕みマンコ使ってぇっ、あぁっ！」

「プラッタの次は私をチンポ扱き穴に使ってねぇ、おっぱい洗いがんばるからぁ♪」

「いいや、ボクが先に子種でパンパンのキンタマすっきりさせてあげるぅ♪」

「ヌルヌルしたおっぱいこすりつけてるから、こっちもチンポほしくなっちゃう♪」

柔らかい乳房とツンと硬くなった乳首とのあわせ技が射精欲を刺激する。

そして、プラッタの牝穴はいつでも子種は大歓迎だ。

張り切って肉棒を扱き、貪欲に締め付けて射精乞いを繰り返す。

「ほらほらっ、あっ、あんっ、シコシコチンポでザー汁吸い尽くしてあげちゃうわっ！」

「おっ、おっ、淫乱な肉便器っぽくてかなりいいぞっ、このまま中出ししちゃおうかな」

「そのための子種吐き捨てマンコだからぁ♪　いくらでも性欲処理してぇっ！」

媚肉の反応だけではなく声に出して種婿に媚びて甘える。

激しい抽挿で子宮に熱い肉棒が当たるたびに、ボテ腹ごと蕩けてしまいそうだ。

「あひっ、これ好きぃっ、もっといっぱいチンポ扱くのぉっ！」

「ははは、女の子がチンポに夢中になってる姿って可愛すぎにもほどがあるよなっ」

「あひっ、ほしいのっ、たっぷり特濃でキンタマ直送のザー汁奥にぶちまけてぇっ！」

身もふたもないプラッタの言動は、ほかの娘たちの情欲も刺激する。

エウロとサーボは目の色を変えて、乳房のみならず股間の割れ目までこすりつけ出す。

種婿の身体を道具に使った牝の卑しい自慰行為だった。

「あぁん、中出しの順番まで待てないっ、チンポほしいのぉっ、あっ、あぁっ！」

「ボクもいっしょにイキたいっ、チンポといっしょにイクのぉっ！」

マーノも官能を持て余して、全身をこすりつけている。

「乳首とクリが気持ちいいっ、種婿どの使うと全身どこでも最高に感じちゃうぅっ！」

「俺も全身でみんなの恥ずかしくて気持ちいい部分を感じるぞっ、出るっ、イクよっ！」

「きてっ、プラッタマンコに中出しアクメさせてぇっ、チンポと一緒にっ、あぁぁっ！」

ここで種婿がガマンする意味はない。

本能の赴くまま、欲望のままに射精すると、プラッタが大きくアクメ鳴きをした。

「イッくうぅっ、あぁんっ、特濃ザー汁熱いのぉおぉっ、あぁぁっ！」

同時にほかの娘たちも絶頂に達した。

泡まみれの裸体が派手に痙攣《けいれん》を繰り返す。

「ふあっ、イクイクぅ、おっぱいがミルク射精してるぅ♪　おっぱい気持ちいいぃっ！」

「うれしいっ、チンポといっしょにイッてるぅっ、種婿どの好き好きぃいぃっ！」

「あひっ、気持ちいぃ、イッちゃってるぅ、あぁんっ、またイクっ、あぁんっ！」

「なんど中出ししても飽きないなっ、この牝が俺のモノだって実感がわいてくるっ！」

「あはぁっ、私もぉっ、強くて優秀な種婿さんにどうやっても種付けされちゃう牝なんだってわかっちゃうぅっ！　こってりミルクがたまらないっ、カリ高勃起チンポぉ♥」

「いいよ、可愛いよっ、もっとイケっ、下品に牝鳴きしながら屈服アクメだっ！」

「おほぉおぉっ、プラッタマンコっ、ボテ腹でザー汁アクメぇっ、イキまくりぃっ！」

ガクガクと派手に全身を揺らしながら、絶頂の快楽に酔いしれていた。

身体の中心で熱い粘塊が染み渡る悦びは、まさに屈服した牝の特権だ。

プラッタは絶頂の余韻で息を荒くしながら、蕩け顔で感謝の意を口にする。

「あふぅ、あぁ、あぁん、とっても幸せマンコぉ♥　種婿さんありがとねぇ、あはぁ♥」

「俺も気持ちよくたっぷり出せたよ。相変わらずいい仕事してる肉便器マンコだ」

「中出しされるとずっとザー汁の感触が愉しめて最高ぉ、はぁ、奥から犯されてるぅ♥」

エウロ、サーボ、マーノもくったりと弛緩しながら幸せそうに喘いでいる。

「はぁ、はぁ、頭がクラクラするぅ、種婿どのオナニーなんて贅沢すぎるわぁ♥」

「イッちゃったぁ、ますますチンポほしくなってボクおかしくなっちゃうよぉ♥」

「もうチンポのことしか考えられなぁい♥　早く肉便器に使ってほしいニャア～♥」

「みんなもスイッチ入ったか。よし、じゃあ今から誰が一番多くイケるか競争だ！」

種婿にかかれば牝の人数は関係ない。

いつでも特濃の子種をぶちまけてやることができる。

中出しされたばかりのプラッタは、うれしそうに首をすくめる。

「これまた気絶するまで犯されるパターンだぁ♥　がんばるっ、チンポのためにぃ♪」

みんなヘロヘロになっても意識がある限り、種婿の欲望に身を捧げようとする。

最後まで肉便器らしくチンポ扱きだけはやめようとしないのがたまらない。

こうして今日もまたイチャイチャご奉仕ハーレムで長湯することになった。


種婿は労働の義務から解放された存在だ。

朝はいくらでも惰眠を貪ることができる。

今日も目が覚めたらお日様はかなり高い位置にあった。

彼は用意されていた朝食で軽くお腹を満たすと食後の散歩がてら適当にブラブラする。

と、談笑しているボテ腹の三人を目にした。

「こんちは。みんななにしてんの～？」

少年の声に最初に振り返ったのはダークエルフのインパルだ。

「こんにちは。べつにちょっと世間話してるだけ……って、くす、なんて格好してるのよ」

「今日は誰も身の回りを世話をしてくれる人がいなかったから、なんかめんどくさくて」

彼は一糸まとわぬ全裸だった。

当然ここに来るまでのあいだに、まわりの住人にも見つかっていた。

しかし、興味ありげにチラチラ見てくるだけで、咎めるられることはない。

彼にしてみれば、女性からの好奇の視線は誇らしいくらいだ。

インパルと一緒にいたドワーフのナーギとハイエルフのジュオラルが目を丸くする。

「おいおい、だからってフルチンで外を歩き回るのかい？　まあ、種婿どのらしいさね」

「ひと声チンポくださいとおねだりしてくれれば、誰であろうと俺は応えるぞ」

「ふふふ、そうはいっても多くの女性にとって種付けそのものが未知の領域ですからなかなか難しいでしょう」

「チンポは怖くないのにな〜。じゃあ啓蒙活動だ。三人ともこの場で裸になるように！」

　種婿の言葉はもはや絶対命令だ。

　三人は即座にスイッチが入って嬉々と衣服に手をかける。

　白日の下、三者三様の全裸が現れた。

　早くも発情しており、もじもじと内股をこすりあわせている。

　期待感と好奇心を隠そうともしない声でインパルが問いかけた。

「あんっ、もうまた急に。こんどはなにを思いついたの？」

「って、この一瞬でフル勃起じゃないか。ホントに種婿どのときたら♪」

「また人通りが多い場所で恥ずかしい晒し者にされるのね。いいですわよ、チンポのためなら悦んで♪」

　ナーギとジュオラルもノリノリだ。

　臨月のボテ腹になっても牝の性欲は健在だ。

　胎児によって常に子宮を刺激されている状態は淫乱マゾには焦らし責めと変わりない。

簡単に肉便器の本性が露わになってしまう。

　種婿にしてみれば、いつもやっていることを村民のみんなにお披露目するだけだ。

「はい、まずはチンポ乞いのポーズ！」

「任せて、種婿どのぉ♪　いつでも好きにチンポ扱き用孕みマンコを使ってねぇ♪」

「好きなだけ高貴なハイエルフマンコをザー汁吐き捨て穴に使ってくださぁい♪」

「キンタマ子種を一匹残らず吸い尽くしてみせるよっ、キツキツマンコで遊んでくれ♪」

　少年に興奮してもらうためなら、プライバシーも尊厳も簡単に手放すことができる。

　三人とも手を頭の後ろで組んで、中腰のガニ股になっていた。

　もちろん、股間の割れ目は周囲から丸

見えだ。

早くも愛液で濡れ光っている。

「まわりにどれだけ肉便器に使われるのが素晴らしいのかってアピールしてみよう」

さらなる種婿の命令に、インパルは欲情顔になって大声で答える。

「まずはなんといってもこのボテ腹を見てのとおり、確実に孕ませてもらえるのぉ！」

「それにチンポのよさをこれでもかって教えてもらえるぞっ、チンポは怖くな〜い♪」

「優秀な子種で孕みたいと思うのは牝の本能ですっ、素直に身体の欲望を受け入れればぁとは天国ですよ！」

ナーギとジュオラルの声も続いた。

周囲の人々も、またなにか始まったらしいと足を止め出す。

「その不格好でド下品なポーズの説明もしようか」

「髪の毛一本まですべて種婿どののモノでなにをされても抵抗しないという証よ♪」

「チンポが満足するまで休憩すら許されない絶対服従肉便器のポーズでもあるぞ♪」

「本人の意思を無視して一方的に性欲処理に身体を使われる悦びを与えてもらえる至高のポーズですわ♪」

実際のところ、すべてを無防備に晒け出したガニ股ポーズは種婿のお気に入りだ。

被虐性を刺激するため、牝たちからも好評だった。

ネチネチと嬲《なぶ》られ続け、感じすぎて頭がおかしくなるとうれし泣きする姿には、種婿の股間もビンビンに反り返るというものだ。

ぱっくりと開いた秘裂は充血しきっており濃厚な愛液を滴り落とす。

早く肉便器に使ってほしいと牝からの露骨なアピールだ。

「んふふ、高貴なハイエルフが隷属するにふさわしいチンポというものをみなさんに教えてあげたいですわ♪」

「そうだね、俺はいつでも種付けに応じるから気軽に声をかけてほしいな」

遠巻きにこちらを見ている何人かに手を振ると、キャ～ッと黄色い声が上がった。

種婿は自分の所業に自信を持っている。

この世界でハーレム生活を送るうちに、それは確信となっていた。

曰く、すべての女性は自分の肉便器として牝の人生を歩むのが一番の幸せなのだ、と。

生き証人は目の前にいる。

まずはインパルの秘窟に肉棒を挿入した。

「くうぅ、うれしいっ、熱いっ、硬いわっ、チンポがとっても凶悪なのぉっ！」

「もっとギャラリーを集めようよ。ほらほら、たくさん鳴かせてあげるからさっ」

「あはぁ、幸せっ、いっぱい突いてっ、インパルマンコはチンポ扱きが大好きよぉっ！」

「なんてうらやましい鳴き声っ、聞いてるだけで子宮が痺れてきますっ、早くチンポほしいですわぁ♪」

「まったくだ、こりゃ今回も誰が一番多くキンタマをすっきりさせられたか競争だな♪」

ガニ股ポーズを崩さずに、順番待ちをしているふたりも愛液をあふれさせていた。

「そりゃいい、俺も協力は惜しまないよっ、年上だろうがみんな平等に肉便器だしな」

「種婿どのの絶倫チンポのアピールになるし、だからいっぱい激しく犯してぇっ！」

一方的に肉棒で突き上げられる姿を見世物にされてインパルは興奮していた。

圧倒的な衝撃に身を任せ、牝でしか味わえない極上の快楽を堪能している。

種婿に犯される順番待ちをしているふたりは待ちきれなくて呼吸を荒くしていた。

あまりに牝好みの肉棒の味を知ってしまったため、もう離れられない。

ひと突きごとに熱く蕩けるような快感が背筋を駆け上がってくる。

インパルの嬌声からも、理性を保つのは不可能なレベルだとわかった。

「あっ、あっ、痺れるぅっ、幸せぇっ、肉便器最高っ、あひっ、チンポいいのぉっ！」

「みんな心からチンポの虜だもんね。ほんと仲良く肉便器してるよ。さっきも楽しそうにおしゃべりしてたし」

「そりゃ同じ種婿どのに心酔している牝同士だしねぇ。チンポの話になるとつい時間を忘れちまうくらいに♪」

ナーギの言葉に、ふと種婿は疑問が湧いてくる。

この世界のエルフとドワーフは仲が悪かったりしないのだろうか？

ゲームの知識からするとダークエルフとエルフも敵対してそうな気がする。

「もちろん悪いですよ」

その答えをハイエルフのジュオラルがあっさり口にする。

「その割にはみんな仲がいいよな」

「いちいち言い争いするのもアレなので基本的にはお互いに不干渉がマナーなのです」

「あぁっ、あんっ、もっともそんなルールなんて種婿どのの前じゃなんの意味もないけどね、絶倫チンポに躾けられた淫乱マゾの肉便器が一族の誇りうんぬんで気取ってもしかたないでしょ♪」

「ははは、そりゃそうだっ」

牝なら本能の欲求に従って面白おかしく過ごしたほうが幸せに決まっている。

絶倫すぎる少年の肉棒に奉仕しながらダークエルフは身もふたもない事実を叫ぶ。

「だからこうやってみんなの前で肉便器に使われるのも全然イヤじゃないわっ！」

「あたしらが恥ずかしい目に遭えば遭うほどチンポが張り切るから、むしろ大歓迎だ♪」

「うふ、種婿どのにかかったらどんなに頭の硬い高慢なハイエルフもチンポ大好きマゾマンコになりますわ♪」

「俺に中出ししてもらうためならなんでもしてくれるもんな」

「あひっ、インパルマンコはそのための肉便器だから当然よっ、あぁんっ！」

「その調子でインパルさん、もっとお手本見せてよ」

「あっ、あっ、ただ今勃起チンポが中でヒクヒクして射精態勢に入ってるわっ！」

ここまでくれば、牝の役目はひとつだ。

睾丸に充填された精子を一匹残らず発情した秘窟で吸い尽くす。

「お願いよ種婿どの、孕みマンコの子宮口めがけて思いっきり子種をぶちまけてぇっ！」

「はい、よく大きな声でいえましたっ、さあ、ご褒美を受け取れっ、おおぉおぉっ！」

「あひっ、犯されてるっ、子宮にチンポ当たって痺れるっ、蕩けるっ、あぁぁっ！」

大きく股を開いているから、派手に突き上げる肉棒が周囲からでも丸見えだ。

インパルの結合部では愛液が白く泡立っている。

種婿がひときわ勢いよく腰を打ち付け、深々と肉棒を打ち込むと同時に精を放った。

「イクイクイクぅうぅっ、ふほぉおぉっ、子種たっぷり特濃ザー汁気持ちいいぃっ！」

「くうぅ、扱いてくる締め付けが絶品だなっ、おおぉっ、気分爽快な中出しだっ！」

「特濃だから子宮が灼きついちゃいそうなくらい気持ちいいのぉっ、あっ、あぁっ！」

「こいつで孕んで俺のモノになったんだから感慨深いでしょ。ほらほらお代わりだっ！」

「うれしいっ、インパルマンコはザー汁大好きぃっ、孕みマンコが大はしゃぎよっ！」

連続で精液をぶちまけられるたびに、褐色の下腹部に淫らな痙攣が走る。

見ているだけで彼女が味わっている快感の大きさがうかがえた。

当然、お預けさせられている牝たちはガマンしきれない。

高貴さの欠片もなくなった牝の顔でハイエルフが露骨におねだりする。

「人間の子種で強制妊娠させられたジュオラルマンコもチンポミルクが大好きですわ♪」

「うん、知ってた。俺に犯されたらその場で手のひら返したもんね」

「だからそろそろ、高貴なハイエルフが屈服した証としてご褒美チンポを……っ！」

「オッケー、その代わり演技抜きの下品なチンポ狂いっぷりを披露してね」

種婿はインパルから肉棒を引き抜くと、すぐさまジュオラルに挿入する。

すっかり男根の虜になっている淫らな牝穴は悦び勇んで媚肉を絡みつけてきた。

「あぁっ、うれしいですわっ、あひっ、カリ高勃起チンポありがとうございますぅっ！」

「グッショリずぶ濡れマンコのお出迎えがえげつないぞ～、そんなに待ち遠しかった？」

「もちろんですわっ、たっぷりと子種を吐きだしてくれる素敵チンポですものっ！」

「こっちも早くほしいっ、はぁ、はぁ、頭がおかしくなるまで中出しされたいぞっ」

ナーギの足下には愛液の小さな水たまりができていた。

インパルは膣口をキュッと閉じて、胎内の子種を逃がさないようにしている。

「熱いので満たされてると、全身がフワフワしてきてたまらない気分になっちゃうぅ♪」

「あひっ、あぁんっ、たっぷりジュオラルマンコで愉しんでくださいっ、種婿どのぉ♪」

妊娠中だろうとお構いなしに深々と突き上げてくる肉棒が愛おしかった。

性欲処理の道具にされている事実にどうしようもなく身体がマゾ悦びしてしまう。

「これ大好きっ、あはぁっ、もっとっ、もっと激しくチンポしてぇ♪」

「すっかり懐いちゃったけど、遠い将来、同族とセックスするとき困るんじゃないかな」

種婿は普通の人間なので、寿命だって百年も残っていないだろう。

島の結界が消滅したらハイエルフのような長生きの種族なら帰ってくるかもしれない。

そのときになって、ジュオラルの性欲を満足させられる牡が果たしているのだろうか。

「それは大丈夫かと♪　ハイエルフの秘術でアレコレすれば問題なしですわ♪」

「なにそれ秘術とかあるの？　くふぅ、処女マンコ再生魔法とか？」

「種婿どのは永遠に村の女を孕ませ続ける種付け魔人になってみたくありませんか？」

「って、俺をアレコレするのかよ」

魔法とは無縁の世界出身の彼には完全に予想外の答えだった。

というか、若干、マッドな発想にさえ思える。

だが、こちらの世界の住人にすれば、特に奇抜な考えではないようだ。

インパルが目を輝かせる。

「はぁ、はぁ、あらそれ面白そうじゃない。ちょっと私にも協力させなさいよ♪」

「俺、普通の人間だから下手に長生きしてもただのボケ老人にしかならないような」

「その辺も魔法で色々すればきっと大丈夫ですわっ、悪いようにはしませぇん♪」

「少なくとも特定の人物を探しだして異世界召喚するよりもただの人間を長生きさせるほうが簡単でしょうね」

どうやらそうらしい。

種婿の感覚では、魔法とはかなりなんでもありな代物のようだ。

ジュオラルが快感に酔いしれながら、種婿に誘い水を向ける。

「ふあっ、思い切り長生きすれば、きっとこの島の外の女も孕ませ放題になりますよ♪」

「種婿どのを解き放ったら世界の半分は支配できそうだっ、世の中の半分は女だし♪」

ナーギもノリノリでかなり物騒なことを口にした。

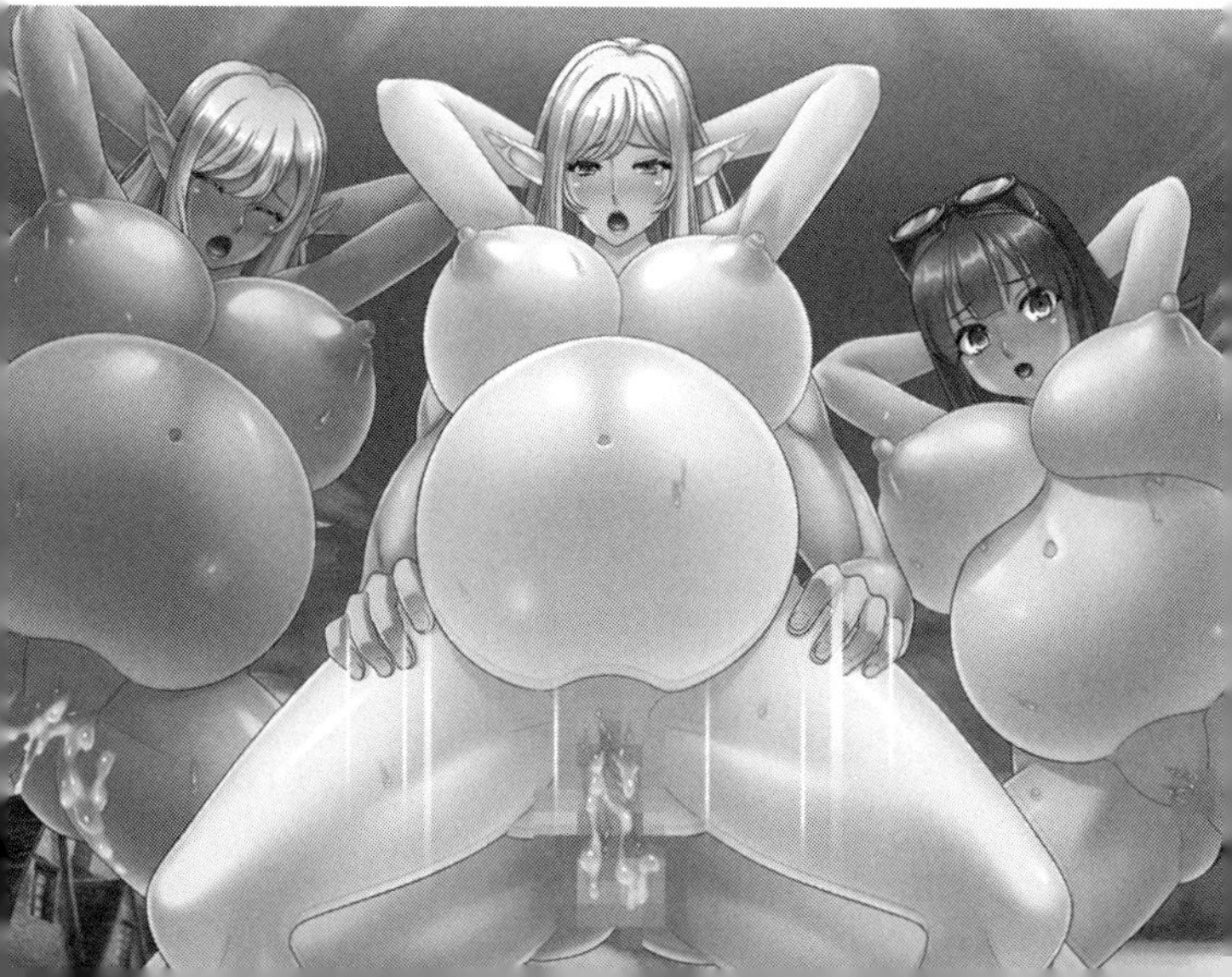

みんな種婿の肉便器にされたことにより、倫理観が性欲を元にしたものになっていた。

「いいっ、チンポいいぃっ、この素敵なチンポをぜひともほかの牝たちにも味わっていただきたいですわ♪　肉便器にされる悦びは独り占めしてよいものではありませんっ、みんなにも教えてあげるべきかと♪」

「エルフの寿命はせいぜい数百年だけど、私も魔法で延命するのも悪くないかも♪」

「ダークエルフが開発すると半分呪いみたいになるんじゃないのかい？」

「ドワーフのアーティファクトと組みあわせたら、呪いのアイテム完成ですわねっ！」

「んふふ、種婿どののチンポを知った牝なら、悦んで我先にと身につけそうだわ♪」

すっかり仲良し三人組による悪巧みの様相を呈してきた。

少年にしてみれば、こいつらマジかよと少しばかりあきれないでもない。

もっとも、大して物事を深く考えない性格なので、まあべつにいいかと軽くスルーする。

彼の興味は魅力的な女性とのセックスでほぼ占められている。

「なんか盛り上がってるトコ悪いけど、まずは肉便器に集中してもらおうかっ」

「くひぃっ、もちろんですわっ、ハイエルフマンコはチンポの奴隷ぇっ！　チンポシコシコっ、あっ、あっ、キンタマすっきりさせるまでチンポ扱きがんばりますわっ！」

「よしよし、んじゃたっぷり奥にだすぞっ、しっかり呑み込めよっ」

「んほおぉぉっ、チンポ中出し態勢ですわっ、くださいっ、チンポミルク奥にぃっ！」

種婿が乱暴に腰を振って、膣腔を派手にかき回す。

カリ首と膣壁が擦れあい、肉棒が痺れるように熱い。

こみ上げてきた射精欲に逆らわず、そのまま獣欲をハイエルフの膣奥で解放した。

「あぁぁあっ、イッくうぅぅっ、奥で弾けてますわっ、いいっ、もっとくださいぃっ！」

「くぅっ、さすが高貴なマンコの吸い付きはバツグンだっ」

「中出しアクメぇっ、イキまくりマンコぉおぉっ、凄いっ、孕みマンコ蕩けるぅっ！」

「どうだっ、大好きな子種でイキまくれっ、たっぷり味わってごらんっ！」

「ありがとうございますぅっ、ふおっ、おほぉおぉぉっ、どぴゅどぴゅ蕩けますぅっ！　子種大好きぃっ、元気な赤ちゃん産んだら、また種付けアクメお願いしますわっ！」

神秘的な美貌のお姉さんが肉欲に支配されて年下の肉棒に心酔している。

なんど性欲処理に使っても飽きのこない素晴らしい肉便器だ。

「ハイエルフって俺のチンポにとってもしっくりくるっ、最高だっ！」

そこにナーギが甘えた声を出す。

「旦那じゃ二度と満足できなくなった寝取られ人妻マンコも肉便器には最高だろ？」

「もちろんじゃないか、常に変わらぬキッキツ具合はドワーフならではみたいだし」

今度はナーギを性欲処理に使ってやる番だった。

少しも萎える気配のない剛直が、濡れそぼった窮屈な牝穴を勢いよく貫く。

「あぁんっ、一気に付け根までぇっ、とっても乱暴で壊れちまうよぉおぉぉん♪」

「それが大好きなんでしょ？　この淫乱ド変態マゾマンコはっ」

「そうだよっ、大きくて硬いチンポでメチャクチャにされるの大好きさねっ！　みんなの前で犯されると自分がチンポケースなんだって思い知らされるよぉ♪」

「ナーギさんを抱きかかえるとサイズ感が手頃だもんね」

体重で肉棒が自然に奥まで入ってしまう状況そのものが興奮ポイントでもあった。

チンポケースプレイはドワーフのように小柄な身体でないと難しい。

さらに鍛冶場の見習い少女たちも、頻繁に種婿に甘えてくるようになっている。

おかげで巨乳もいいけどちっぱいもいいなぁと、彼にロリ嗜好が育まれつつあった。

自由意志を無視されて道具のように扱われるのは牝にとって快感だ。

特にナーギはそうした傾向の奉仕を強要されることが多い。

その結果、彼女はマゾヒスティックな性感を大きく開発されてしまっている。

普段の姉御肌な姿とのギャップが種婿の興奮ポイントだ。

もっとも、種婿の肉便器だけあってジュオラルとインパルも似たり寄ったりなのだが。

「自由を奪われて一方的にチンポ扱きに使われるのも、なかなか乙なものですしね♪」

「力強い牡に無理やり身体を求められるのは牝なら満更でもないのは間違いないわ♪」

「いつもイキすぎてもう限界ってなってからさらに延々と突かれるのがたまらないぞ！」

「気絶しても勝手にキュンキュン締め付けてくるもんな」

さすが肉便器だけのことはあると、種婿も感心するばかりだ。

「あはぁ、種婿どのにきっちり躾けられたからねぇ、そりゃもうねちっこくさ♪　おかげでこのチンポなしじゃ生きていけないチンポ中毒マンコにされちまったよっ！」

「絶対種付けしたくなるような牝フェロモンまき散らしてるほうが悪いでしょうが」

「そうだねぇ、チンポを勃起させたら責任もってキンタマ空っぽにしてやらないと♪」

ナーギが張り切って下腹部に力を込めると、膣腔の蠕動《ぜんどう》も積極的になる。

あからさまに子種を搾り取ろうとする淫蕩な動きだった。

「いつでもどこでもチンポ扱きにマゾマンコを差しだすのは肉便器の義務だよっ！」

「種婿どのは毎日性欲処理係が何人も必要になるくらいの絶倫チンポだしね～」

「おかげでこちらも好きなだけ屈服マンコをチンポミルクで満たしてもらえますわ♪」

ダークエルフとハイエルフも色狂いにされてしまった人妻と同じ意見だった。

「中出しされるたびに自分はこのチンポの肉便器になるために生まれてきたって実感するよ♪　年甲斐もなくときめいちまう♪　最高だっ、もっとナーギマンコ犯してぇっ！」

「ははは、俺が気分よく中出しするにはどうすればいいかわかるよね？」

それこそ肉便器の役目だろうと、肉棒でグリグリと子宮口を責め立てる。

種婿がなにを求めているのかなんて、それこそわかりきっていた。

牝には不要な尊厳をあっさりと手放し、ナーギは大きな声で周囲に呼びかける。

「あぁんっ、種婿どのは旦那とは比べものにならないくらい、凄くて魅力的な牡だよっ、旦那よりも太くて高くて大きい絶倫チンポは最高ぉ♪　ナーギマンコはベタ惚れだぁ♪」

「ふふふ、やっぱ人妻をチンポひとつで寝取るのは牡として優秀だってことだよね～」

「そのとおりさねっ、あぁんっ、だからチンポのためならなんでするよっ、あはぁっ！」

「いいぞ、もっと褒めてくれっ、俺は褒められて伸びるタイプだから遠慮はいらないっ」

大きく突き上げるとその衝撃でナーギの乳房とボテ腹が揺れる。

頭の中までかき回されているような気分になる圧倒的な快感だ。

「あひっ、ナーギマンコは肉便器っ、ナーギマンコは種婿どの専用チンポケースぅっ！」

「寝取られマンコはもう二度と旦那チンポじゃ満足できないもんなっ」

「そのとうりさねっ、だから種婿どのに中出しされたいっ！」

「こみ上げてきたっ、キンタマもムズムズしてきたし、このままぶちまけてやるっ」

種婿が息を荒くしながら膣奥に狙いを定める。

周囲からの興奮した視線に裸身を晒し者にされながら、ナーギも押し上げられていく。

「年下チンポに堕とされるの大好きっ、またチンポ負けさせておくれよっ！」

「はぁっ、はぁっ、キツキツドワーフマンコに出すぞっ、うおぉおぉっ！」

熱い精液が鈴口からほとばしり、強制拡張された膣腔にぶちまけられる。

「イッくぅっ！　んはっ、おふぅっ、イクイクマンコぉっ、凄いよっ、気持ちいいぃっ！　みんな見ておくれっ、あんっ、寝取られナーギマンコがイキまくってるのぉおぉん♥」

「職場で慕われてるおかみさんがチンポに屈してただの肉便器に成り下がったもんなっ」

「そうだよっ、カリ高勃起チンポにマンコ拡張されて同族チンポじゃ満足できない身体にされちまったのさ♥　種婿どの最高ぉっ、ボテ腹マンコが子種漬けにされるぅっ！」

まさに狂ったような嬌声だった。

この歓喜の鳴き声を耳にするたびに、種婿は牡の達成感を味わっていた。

この牝の痴態を見たくて、もっと中出しして、もっともっと犯したくなる。

そんな種婿の本心をしっかり把握しているからこそ牝は進んでその身を差し出すのだ。

「んふふ、こちらはいくらでもお相手しますわ♥　そのための肉便器ですものぉ♥」

「見物人も集まってきたし……さぁ、好きなだけ孕みマンコ使ってぇ♥」

ナーギに続いてジュオラルとインパルもあえて大きな声を出していた。

いつのまにかかなり増えてきたギャラリーに向けてのものだ。

自慢の肉便器をまわりに見せびらかしてやるべく、種婿はさらなる命を下す。

「へへ、だったら肉便器の中出しありがとうダンスを披露してみようか」

上手に踊れた順に次の肉棒をご馳走してやるルールだ。

彼がニヤニヤ笑いながら離れると、三人はさっそく我先にと腰を振りだした。

「このとおりだよっ、種婿どのが大好きなナーギマンコで性欲処理しておくれぇ♥」

「ほら、身体中が発情しきって乳首もビンビンよぉ♥　ズル剥け勃起クリがチンポみたいにヒクヒクってぇ♥」

「ふたりよりおっぱいが派手に弾まないぶん、こうして丸見え発情マンコの高貴な牝穴をパクパクさせますわぁ♥」

「かなりいいっ、もっとバカみたいに下品でクイックリーな腰振りを披露しろっ」

　種婿のさらなる要望に、三人は打てば響く鐘のように反応する。

　ナーギは水平近くまで足を開いて、愛液が前後に飛び散るほど素早く腰を振る。

「こうだなっ、チ・ン・ポ♥　チ・ン・ポ♥　中出し大好き、チ・ン・ポぉぉぉん♥」

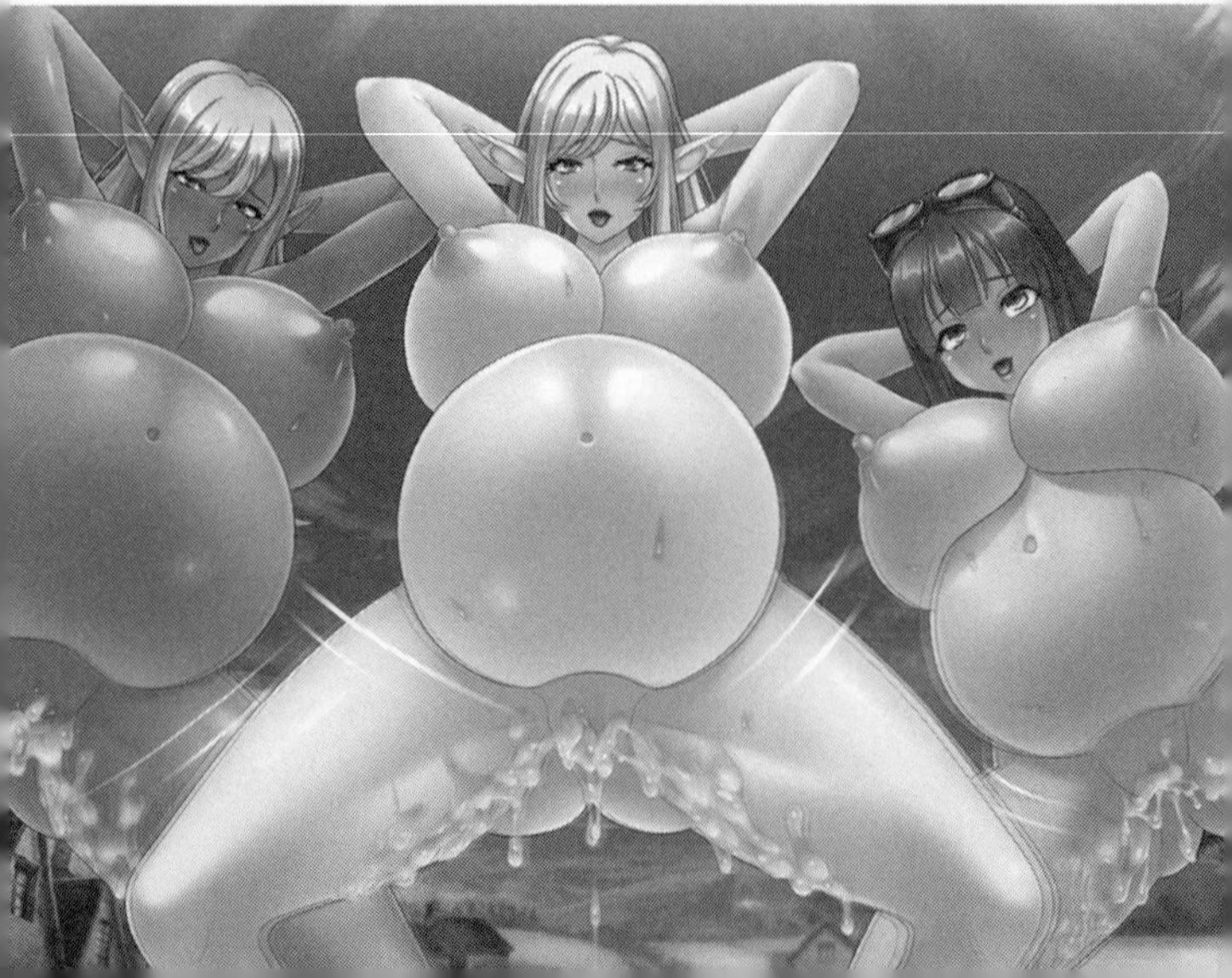

「いいえ、種婿どのが好むのはもっとガニ股で……チ・ン・ポ♥　チ・ン・ポ♥」

「くす、負けてられませんっ、チ・ン・ポ♥　高貴な牝穴でキンタマすっきりですわ♥」

「あははっ、最高だっ、こんなの見せられたらそりゃ犯さずにはいられないってのっ」

全力で無様な姿を晒してくる年上女性たちの媚態に惹起されて、このあとも中出しを愉しんでいった。

ギャラリーの数も増え続け、中には露骨に自慰を始めるものまで現れだした。

インパルたちの影響は確実に村全体に拡がっている。

近い将来、彼女たちのような妊娠希望者が現れる日もそう遠くないと思われた。

肉便器と化した女性陣は従順だ。

種婿の性欲処理に関することならなんでもいうことを聞いてくれる。

それこそ今夜の夕飯はなにが食べたい？　くらいのノリでアレコレ少年の好みにあわせてくれるのだ。

そしてやってきた酒場。

そこにはさっそく種婿のために三人の女性が準備を整えて待機していた。

本日のオーダーはコスプレ奉仕だ。

淫魔のバルボーラ、オーガのフリーダ、猫獣人母のスーザが牝牛の衣装で控えている。

「ややあ、ごくろうさま。みんなしっかり濡れ濡れかな？」

「もちろんよ。ほかならぬ種婿どのにおねだりされたら、それだけでイッちゃいそうなくらいうれしいし♪」

「まあべつにいいんだけどよ、つくづくこんなおかしな格好させるの好きだよな」

「私は好きよ？　ふふふ、もちろん恥ずかしいけど、それが快感になる身体に躾けられちゃったしね♪」

　種婿の独断と偏見により牝牛といえばホルスタインだった。

　白黒模様の牛耳や尻尾。

　首には大きなカウベル。

　そして、鼻輪がしっかり取り付けられていた。

「巨乳と母乳ときたら乳牛の格好が似合

うのはエウロが証明してるからな」

「だからってあの子は普段からこんな変態にしか見えないような衣装は着てないけどね」

「そこだよな。この格好って純粋に女を辱めて楽しもうって底意地の悪さしか感じない」

「そこのところ、種婿どのになにか反論はある？」

「いやないけど。だってそのほうがエロくて可愛いでしょ」

悪びれることなくしれっと答える。

これがその証明だとばかり、そそり勃った肉棒を見せつけてやった。

「ほ〜ら、ビンビンなのがわかるでしょ」

「そうね、つくづく青筋浮きでた勃起には見惚れちゃうわ♪」

「つーかこれ、キンタマ空っぽになるまで犯してもらえなきゃ割にあわないぞ」

「その点については心配いらないと思うけど。ねぇ、種婿どの♪」

「まあな。俺は期待に応える男だもん」

今日も牝に生まれてきた悦びをしっかり教えてやるつもりだ。

そして、せっかくの酒場なのだからドリンクサービスもがんばってもらう。

ホルスタインといえばミルク、妊婦といってもミルクだ。

妊娠して母乳が出るようになっているため、搾乳も同時に行うつもりだったりする。

みんなすでに受け入れ態勢になっていた。

種婿は気兼ねなく挿入していく。

まずはバルボーラだ。

「あぁんっ！　やっぱり深々と突き上げられるのって素敵ぃっ、あひっ、あはぁっ！」

「バルボーラさんのボテ腹マンコはホントに美味そうに吸い付いてくるね～」

「それはもう毎日食べても飽きない絶品チンポに激しくかき回されたら、少しでも長くしゃぶりついていたいってなるに決まってるでしょ、あっ、あっ、いいのぉっ！」

胎児がかなり育っているため、それにあわせて子宮も大きくなっている。

軽く突き上げてやるだけで、切っ先にゴリゴリ、グリグリと当たってしまう。

それでなくても子宮を責められるのが弱かった牝なのに、なおさらだろう。

「深いところから弄ばれて、チンポに逆らえない牝にされて、肉便器最高なのぉっ！」

「しかも母乳の量と勢いがエウロ並だ。やっぱ巨乳はミルクも楽しみのひとつだぜ」

「乳首が甘く痺れちゃう♪　おっぱいも種婿どのに飲んでもらえるの悦んでるわ♪」

早くも蕩けた嬌声がとどまることを知らない。

その横で、うらやましそうに指をくわえているのはフリーダだ。

「くうぅ、はやくこっちもチンポ扱きにつかってほしいぜ……っ」

スーザも受け入れ体勢のままモジモジと尻を振っている。

挿入もしていないのに、秘窟からは愛液がひっきりなしにあふれ出ていた。

「あふぅ、牝穴をズラッと並べて犯し比べて楽しむなんて、被虐心を刺激されるわぁ♪」

「あひっ、あぁんっ、私たちって寝ても覚めても身体がカリ高勃起チンポの感触を覚えてるからねぇ♪　肉便器奉仕のこと思うだけで勝手に反応しちゃうってものよっ！」

「じゃあ、実際にこうやって性欲処理に孕みマンコを使われるのはどんな感じなの？」

「もうほかに比較のしようがないくらい幸せな快感が全身を駆け巡ってるわぁ♪」

バルボーラは激しく犯されると、もう肉棒のことしか考えられなくなってしまう。

発情期のケダモノみたいに下品なサカリ鳴きを大きく響かせ、背筋を仰け反らせた。

「くひぃっ、いいのぉっ、そうよっ、淫乱マゾな牝の本性が隠せなくなっちゃうわ♪　響くぅ、バルボーラマンコはチンポが大好きっ、子種吐き捨て穴の肉便器よぉっ！」

種婿は腰を打ち付けながら、背後から乳房を大胆に鷲づかみにする。

空のコップを宛がいつつ、力強く乳搾りを行うのだ。

張り気味の乳房はそれだけ大量の母乳をため込んでいるサインだ。

乳首の先端から、細い糸のような白いミルクが幾筋も勢いよく噴出した。

「あぁぁっ、おっぱいも気持ちいいっ、乳首蕩けそうっ、あぁんっ、もっと搾ってっ！」

「犯しながら搾乳すると母乳の味もよくなるし、ホント肉便器になるための身体だ」

「そう思ってもらえてうれしいわっ、あひっ、感動マンコがチンポに甘えちゃうぅっ！」

バルボーラは心からうれしそうに、淫らな喘ぎ声を響かせた。

そんな牝鳴きを聞かせ続けられたフリーダはいよいよガマンの限界に達する。

「ううぅ、頼むよ種婿どのぉ、早くあたしの肉便器マンコでも性欲処理してくれっ！」

「いいよ～、その代わりいっぱい恥ずかしい鳴き声あげてもらうぞっ」

元から谷渡りを愉しむために呼んでいたメンバーだ。

元気いっぱいの肉棒で贅沢に蜜壺を食い散らかしていく。

「くはぁっ、おおぉんっ、うれしいっ、チンポ最高っ、こんな格好なのに蕩けるぅっ！」

「バルボーラさんに負けず劣らず奥まで火照ってるな～」

「あぁんっ、恥ずかしいけどビリビリ感じるぅっ、たまらないっ、いいぃっ！」

興奮して敏感になっている膣粘膜はカリ首に引っかかれるたびに収縮した。

それを肉棒を突き入れることで強引に引き延ばす。

肉便器に堕ちた牝にとって性欲処理に犯される快感は何事にも代えがたい。

「もっと激しく突いてっ、フリーダマンコはチンポの奴隷っ、種婿どの大好きだっ！」

「おっぱいの張り具合も上々みたいだね。美味しいミルクが期待できそうだ」

「任せてくれっ、チンポのためだっ、甘味の強いおっぱいに仕上げてみせるからっ！」

種婿にいわれたことならなんでも従ってしまう。

肉棒と繋がっているあいだは、脳が快楽漬けになってまともに頭が働かなくなる。

種婿に絶対服従で全面肯定してしまう肉便器ならではだ。

心の底から男根にベタ惚れしているので、どんな扱いをされても幸せを感じてしまう。

中出しアクメ前にお預けされて、マゾ悦びしてしまうのは最たるものだ。

バルボーラが恨みがましく抗議する声も、牡に甘える牝でしかない。

「あふぅ、チンポ抜いちゃうなんてぇ、あぁん、種婿どののいじわるぅっ！」

「まあ、焦らしプレイだと思ってよ」

傲慢な笑みを浮かべる少年にフリーダがうなずく。

「焦らされたあとでのチンポ突きはたまらないぞっ、最高だっ、種婿どののもっとぉっ！」

「このチンポがいいんだろ？　ほらほら、フリーダの牝の顔をもっと見せてくれっ」

「いいぃっ、脳みそまで突き上げてくるっ、照れくさいけどチンポ好き好きぃいぃっ！」

牝の本音を垂れ流すフリーダにスーザが微笑ましげな笑みを向ける。

「クス、うちの娘もそうだけど、肉便器にされるととっても素直になるよねぇ♪」

「やっぱ可愛いよな、特にフリーダみたいなタイプは普段とのギャップがそのままエロさに直結するし♪」

「可愛いなんてあたしのガラじゃないのにっ、ふあっ、でもすごぉい、チンポぉ♪　蕩けちゃうよぉっ、チンポぶち込まれると気持ちよすぎてなにも考えられなくなるぅっ！」

「フリーダは肉便器に使ってもらうためならなんでもしてくれるもんな」

種婿は好き勝手に彼女の膣腔をかき回しながら母乳も搾っていく。

ホルスタインの姿にふさわしいミルクの量と勢いだ。

「ほかのみんなもそうだけど、フリーダってよっぽどチンポに目がないんだな」

「ふはっ、当たり前だろっ、そうでなきゃ誰がこんないかれた格好なんてっ、あぁんっ、だけど逆らえないぃっ、いぃぃっ、孕みマンコ奥までグリグリされるの幸せすぎるぅっ！」

勝手に母乳がどんどん出てくる。

肉棒を突き入れられるたびにビュウビュウ吹き出るので、まるでトコロテンのようだ。

「母乳でも感じるんだからボテ腹肉便器はまさに天職ってやつだね」

「あぁっ、ずっとこうしていたいっ、ずっと肉便器で犯されていたいっ、あひっ！」

「俺とフリーダの仲だ。この淫乱マゾマンコは永久肉便器指定済みにきまってるだろ」

「うれしいっ、あたしは幸せ者だっ、熱いっ、これさえあればもうなにもいらないっ！」

射精を促すように媚肉が締め付けてくる。

しっかり躾けられて、肉便器の条件反射の域にまで達している子種乞いだ。

「だいぶキてるなっ、チンポ狂いの本性がダダ漏れになってるぞ」

「いぃぃっ、たまらないっ、チンポぉ♪　灼き殺してくれっ、種婿どのぉ、イッちゃいそうっ、お願いだっ、出してくれっ、コッテリ特濃チンポ汁でとどめ刺してぇっ！」

「よしよし、フリーダの淫乱なアクメ顔拝ませてもらおうかな～」

でも、それはもうちょっとあとの話だ。

貪欲に絡みついてくる媚肉からサッと肉棒を引き抜き、スーザの膣穴に襲いかかる。

「くひぃっ、んはぁっ、ズブズブってねじ込まれるのぉっ、うれしいわ種婿どのぉっ！」

「ふはぁ、あぁ、そんなもうちょっとだったのにっ、いじわるすんなよぉ……っ！」

「んふふ、お預けマンコ同士ね♪　お互いつらくて切ないモヤモヤを堪能しようか♪」

「フリーダが無様で情けないチンポねだりいっぱいしたら、また犯したくなるかもな」

ニヤニヤと、それはもうしてやったりといった笑顔だった。

自分の肉棒をほしがって悶えている牝の姿は牡のプライドをくすぐる。

種婿が興奮して男根を膨張させると、スーザがうれしそうに喘ぎ声をあげた。

「奥まで埋め尽くされてたまらない充足感だわっ、このために生きてるって感じ♪」

「スーザ奥さんときたら経験者だけあって搾乳もチンポ奉仕も手慣れたもんだな」

「チンポに酷使されるの気持ちよすぎるのっ、経産婦マンコにはやっぱりチンポよぉ！」

「チンポよりも大きい赤ちゃん産んだことあるんだから、多少派手にしても余裕でしょ」

もとより自分の性欲が最優先の少年だ。

多少、相手が嫌がったところで容赦なく中出しを選択する。

まして強引なほうが悦ぶマゾ牝となれば、肉便器扱いに拍車がかかるというものだ。

「その派手なズボズボが女殺しで貞淑な人妻が淫乱牝マンコにされてしまうのぉ♪」

「母親でいるよりも俺の肉便器になりたがるくらいだもんな」

「もうチンポに逆らえないわ♪　可愛い娘を生け贄に差し出してでも犯されたくなる♪」

いつもはどちらが先に肉便器するのか、母親と娘が仲良く肉棒の取りあいをしている。種婿にとって最高に勃起する光景だ。

「あひぃ、娘の前で母親の面目丸つぶれのチンポ乞いさせるんだから素敵すぎよぉ！」

「母性が牝の性欲に負けて甘えてくるところなんてなんど見ても飽きないぞ」

「深いぃっ、孕みマンコでも遠慮なく突いてくれるのがたまらないのぉっ！　ここまで肉便器にしてくれるの種婿どのだけよっ、優しいだけのチンポはいらないわっ！」

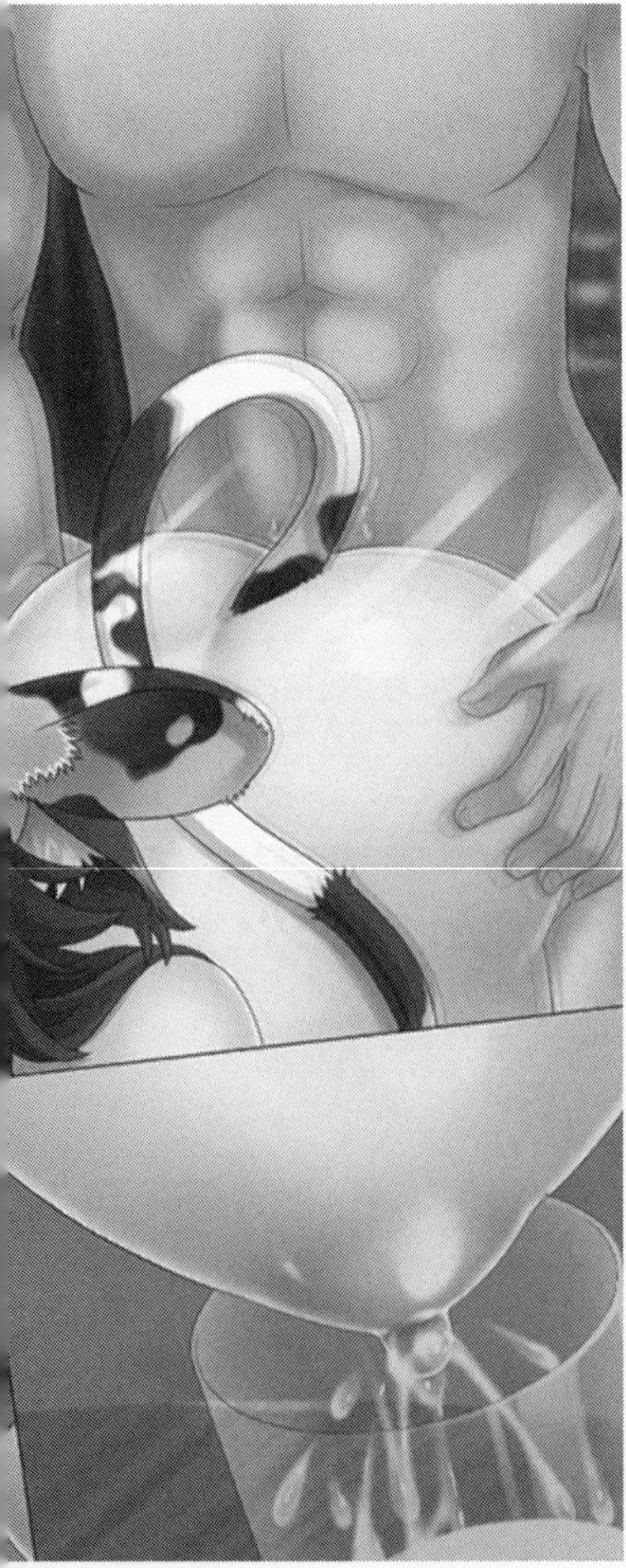

「おっ、おっ、締め付けてくるねぇっ、人妻らしい遠慮のなさだねっ」

言葉によらない露骨な子種乞いは妊娠してからでも修まる気配はない。

牝の本能がより多くの出産を望んでいた。

マーノを産んだことで、スーザの出産欲はさらに強くなっていた。

「ほ〜らこいつがいいんでしょ、どんな牝だって孕ませる最強チンポだっ」

「当たるぅっ、し、子宮に響くのぉっ、いいわっ、いっぱいチンポ扱きしちゃうっ！」

「恥知らずな激萌えチンポねだりもお願いしちゃおうか、得意でしょ？　牝牛の気持ちになってどうぞ」

「チンポほしいぶもぉ〜っ、チンポミルクを母乳に変える性欲処理牛人形ぶもぉぉっ！」

普段から猫の鳴きマネをさせられているだけあって、堂々とした牛鳴きだった。

そこに照れや躊躇《ちゅうちょ》はない。

進んで羞恥心を味わうことで、より肉欲を昂ぶらせるのだ。

「俺好みのおっぱいミルクもたっぷり飲ませてくれるよね？」

「当然ぶもぉっ、種婿どのが望むなら乳搾りアクメだって披露してみせるぶもぉっ♪」

「うぅ、そんなのあたしだっててっ、な、なんでもするからチンポ帰ってきてぶもぉっ、ぶもぶもぉぉっ！」

「お、フリーダもがんばってるなっ、いい牝牛っぷりだぞっ」

「こっちもチンポほしいぶもぉ♪　チンポほしいぃっ、ほしいぶもぶもぉぉん♪」

フリーダに負けじと、バルボーラも牛鳴きを披露する。

この世界にコスプレエッチという概念はなかったが、みんなすでに大ハマりだった。

この村に種婿がもたらした恩恵のひとつになっている。

別のなにかを演じることに性的興奮を覚えるのはあきらかに特殊性癖だ。

そう理性でわかっているからこそ、マゾに目覚めた牝にはたまらない。

「こっちを犯してほしいぶもぉっ、チンポ挿れてっ、中出ししてほしいぶもぉっ！」

「こりゃ限界ギリギリみたいだな。お漏らしみたいにマン汁があふれちゃってるし」

しかたないな～とばかり、フリーダを再び深々と貫いてやることにした
インターバルを置いたオーガの膣腔は真っ赤に充血して酷く熱を帯びていた。

「んほぉっ、チンポぉん♪　うれしいっ、もうキンタマ空っぽにするまで離さないっ！」

「うわ～、チンポがヤケドしそうっ、面白いっ、火に油を注ぐような中出ししてやるっ」

「あぁっ、くひっ、ぶもぉおぉっ、牝牛フリーダマンコにいっぱいぶちまけてぇっ！」

彼女の切羽詰まった懇願が耳に心地いい。

種婿は搾乳によりなみなみとコップにたまったミルクを手に取って喉を潤す。

「三人分のミルクもブレンドされてて、めっちゃ美味いぞ。チンポだって元気百倍だっ」

「あっ、あっ、突いてっ、幸せマンコぶもぉっ、もっとっ、もっとぶもぉっ！」

「あらら、もう完全に夢中ねぇ、いいなぁ、バルボーラマンコもうらやましいぶもぉ♪」

「誰で性欲処理するかは種婿どのの自由だし、次こそは私を肉便器に使ってぶもぉ♪」

「その辺は俺もそれぞれの生々しい味わいの違いを挿れ比べて遊ぶのは楽しみだしな」

そろそろ機は熟した。

牝の蜜壺は頭が壊れてしまいそうなほどの濃密な快楽を感じている。

「ぶもぉおぉっ、おかしくなるぅっ、あひっ、早くチンポ狂いにしてほしいぶもぉっ！」

「ご褒美がほしいならもっと心を込めてねだってよっ、簡単でしょっ」

「あぁっ、たっぷりチンポミルクだしてほしいぶもぉっ、フリーダマンコは中出しの虜だぶもぉっ！　チンポ大好きぃっ、種婿どの愛してるぶもぉっ、ほしいっ、キンタマスッキリさせてあげたいぶもぉっ！」

「いいねぇ、俺の肉便器は俺のために子種を受け入れて俺のために孕んでこそだよなっ」

「くひぃっ、い、イキそうぶもぉっ、このままじゃイッちゃうぶもぉおぉっ！　お願いぶもぉっ、種婿どのといっしょにっ、いっしょに中出しアクメしたいぶもぉおぉっ！」

「よしっ、じゃあいっしょにイクかっ、だすぞっ、ガチのチンポ突きを喰らえっ！」

深々と肉棒を打ち込む乱暴なストロークで射精体勢に入った。

睾丸には精子がこれでもかと充填されている。

「あぁっ、あぁっ、いいっ、チンポぶもぉおぉっ、あひっ、もう止まらないっ！」

「出すぞっ、さあフリーダも俺のモノらしく下品にアクメ鳴きしろっ」

「ぜ、絶対服従肉便器のフリーダマンコが許可をもらって、い、今イッちゃうっ！」

フリーダの膣奥に熱い粘塊がぶちまけられると、脳内で激しいフラッシュが瞬いた。

「おほぉおぉっ、熱いのたっぷり奥にぃっ、イクイクぅっ、子宮アクメぇえぇっ！」

「くうぅ、お、おぉっ、チンポ蕩けるっ、最高の締め付けだっ、もっと喰らえっ！」

「あぁっ、ザー汁感じるぅ、子宮に染みるのぉっ、あぁんっ、たまらないよぉっ！」

「美味しいおっぱいミルクをご馳走になったから射精の勢いがいつも以上に派手だなっ」

フリーダにすれば、まるで肉棒が噴火しているような勢いと熱を感じた。

種婿に射精してもらっている実感は、たまらない多幸感となって連続アクメに繋がる。

「あぁんっ、いいぃっ、イクイクフリーダマンコぉおぉっ、あひっ、いいのぉっ！」

「くうぅっ、それもこれも恥ずかしいコスプレのおかげだな、ほら、お礼はどうしたっ」

「ひぃんっ、変態フリーダを淫乱搾乳マゾマンコにふさわしい牝牛の姿にしてくれてうれしいぶもぉおぉっ！　あひぃっ、中出しっ、またドピュドピュてぇっ、イクっ、牝牛マンコで連続子宮アクメとまらないのぉっ！」

四つん這いで後ろから犯されている姿勢のまま、全身を痙攣させていた。

やがて肉棒の脈動が治ると、フリーダは肢体を弛緩させ蕩け顔になる。

「んはぁ、はぁ、あぁん、いっぱい奥にだしてくれたから今にも蕩けちゃいそうだぁ♪」

「はいっ、じゃあ次はこっちでザー汁処理お願ぁい♪　牝牛マンコにたっぷりチンポぶもぶもしてぇ♪」

「ねぇ、種婿どのぉ、寝取られ人妻マンコには子種をご馳走してくれないのぉ？」

さっそく肉便器に立候補するバルボーラとスーザだった。

いわれるまでもなく、種婿は身体の奥から子種まみれにしてやるつもりだ。

「俺はザー汁をご馳走してやる。その代わり、そっちは母乳をたっぷりだしてもらうよ」

新鮮で絞りたての母乳はセックス中の水分補給に最適だった。

肉便器を犯すことでかいた汗は、肉便器の母乳で喉を潤す。

とても効率がいいし、美味しくて気持ちいいお気に入りの性欲処理だ。

中出しされたことでスイッチが入っていたフリーダは即答する。

「もう恥ずかしいも照れくさいもないぞっ、おっぱい出すよっ、だからチンポぉ♥」

「早く挿れてぇ、犯してぇ、新鮮な子種の匂いが染みつくまで中出ししてぇ♥」

「牛鳴きアクメだって披露しちゃうわぁ♥　イクときにぶもぉって牝鳴きするのぉ♥」

みんなの頭の中には自分が肉便器にされることしかなくなっているのがよくわかる。

もちろん種婿は自分の欲望を解放するために、みんなの身体を使いまくっていく。


そして、数時間ほど経つと……。

「あふぅ、もうイキすぎて腰が抜けちゃったわぁ、チンポ汁で身体中がヌルヌルぅ♥」

バルボーラはうれしそうに全身に精液を塗りたくっていた。

「あぁん、子種でお腹いっぱいだぁ♥　んはぁ、牝穴の中チャプチャプいってるぞぉ♥」

フリーダは淫らに腰をくねらせ、絶頂の余韻に喘いでいた。

「濃厚なザー汁の香りでクラクラしちゃうわぁ、お肌も艶々に潤っちゃいそうねぇ♥」

スーザは一児の母とは思えないほどのフェロモンを振りまいている。

「みんなのおっぱいがいい仕事してくれたおかげだ」

「んふふ、そのおっぱいミルクもボテ腹肉便器にしてもらえたからじゃない♥」

「頭がバカになるくらい気持ちいい思いさせてくれるんだし、おっぱいいくらいくらでも好きにしてくれ♪」

「そのための肉便器だしね♪　あはぁ、チンポの感触がまだ残ってる孕みマンコもずっと幸せなままぁ♪」

みんな濃厚な精液にまみれになっている。

媚肉はもちろんのこと、乳房や顔面、髪の毛にまで精液が染み込んでいた。

そんな汚れきった身体のまま艶めかしい仕草で感謝の言葉を繰り返すのだった。

# エピローグ

今日も一日、あちこちで遊びまくった。

もうじき日も暮れそうだし、種婿はそろそろ家に帰ることにする。

自宅に着くと、玄関のカギが開いていた。

種婿が中に入ると、なんとも美味しそうな匂いが漂っている。

「ただいま〜」

「おかえりなさ〜い、あと一時間くらいでお鍋が煮えるから、大人しく待っててね」

台所からヒョイと顔をのぞかせて出迎えてくれたのはハルハルだ。

ここのところ、食事関係は彼女が面倒見てくれることが多い。

事実上の通い妻となっている。

「いい感じにお腹が減ってきたし、夕飯が楽しみだな。メニューはなんなの？」

「ウサギ肉の赤カブシチューがメインで、あとは川魚の揚げ物とか木の実パンかな」

「そりゃ楽しみだ。ハルハルちゃんのシチュー美味いし、早く食べたいや」

「美味しく仕上がるまでもうちょっとのガマンよ。それまでは……」

頬を染めたハルハルが少年にしなだれかかった。

妊娠して母乳で満たされ弾力を増した巨乳がムニュッと形を変えて押しつけられる。

「前菜にハーフエルフの発情マンコ肉はどう？　とっても食べ頃になってるんだけど♪」

「ハルハルちゃんはシチューも絶品だけど、下のチンポ扱き穴も絶品だもんね」

「うふふ、さすが種婿どの♪　い～っぱいご奉仕しちゃうねぇ♪」

うれしそうに抱きついてきて、情熱的に口唇を重ねてくる。

慣れた仕草で舌を滑り込ませ、うっとりしながら舌と舌を絡めあう。

「ちゅ、ちゅ、れろろ、ねぇ、今夜も泊まっていっていい？」

「俺とハルハルちゃんの仲だろ。今さら遠慮するなって」

「またひと晩中い～っぱい肉便器にされたいの♪」

「イキすぎて気絶したあともオナホ扱いで犯し続けてあげるよ」

「うれしいっ、種婿どの愛してるぅ♪　ちゅ、ちゅ、好きぃ、大好き種婿どのぉ♪」

こうして若い欲望のままハルハルと遊ぶことになった。

互いの身体を貪りあうことにふたりは躊躇《ちゅうちょ》しない。

日常的に食事の前に気軽にセックスを愉しみ、食後にも腹ごなしでセックスを愉しむ。

少年の興が乗ればそのままハルハルは色情狂の本性を露わにして肉便器となるのだ。

「ねぇ、ハルハルのイヤらしいザー汁処理ボテ腹マンコにカリ高勃起チンポ挿れてぇ♪」

「ん～、どうしよっかな～」

切っ先で秘裂をなぞるだけで、あえて挿入してやらない。

焦らしに焦らし抜いて、彼女が欲求不満でおかしくなる寸前まで嬲《なぶ》ってやるつもりだ。

そして気がつけば、いつの間にかメンバーが増えていた。

猫獣人親子にオーガとダークエルフの姿がある。

マーノは四つん這いになって熱心に舌を伸ばし玉袋をなめ回していた。

「れろろ、ちゅ、れろん、順番がつかえてるのでどんどんハルハルに中出ししてねぇ♪」

「いや、急に押しかけてきたのはべつにいいんだけど、フリーダたちはついさっきまでやりまくってたよね？」

「ははは、ちょっと休んで体力回復したら、また犯してもらいたくなっちゃってさ♪」

「んちゅ、この絶倫チンポはなんど味わっても飽きないどころか、ますますほしくなってしまう逸品なので♪」

スーザはマーノと一緒に玉袋をしゃぶっていた。

インパルは乳房を捧げ、彼に母乳を吸ってもらっている。

「あぁん、種婿どのだってハーレムご奉仕は嫌いじゃないでしょ？」

「もちろんっ、普通に大好きなプレイだっ、来るもの拒まずザー汁まみれにしてやるぞ」

「あふぅ、焦らしちゃイヤぁ、お願い種婿どのぉ、ハルハルマンコにチンポぉっ！」

「わかってるって。今夜の前菜はハルハルちゃんだしな。んじゃ、いただきま～すっ」

満を持して、我慢汁で付け根までベトベトになった肉棒を一気に打ち込んだ。

「あぁぁんっ、くうぅっ、んはっ、いいいい、深いのぉっ、奥までチンポでいっぱぁい♪」

「積極的に締め付けてきて、とんでもないドスケベマンコだな」

「はぁい、肉便器にされるの大好きなドスケベマンコがハルハルでぇす、あひぃんっ！」

ハルハルは心から幸せそうに喘いでいた。

太くて硬い素敵な肉棒でこれでもかと突き上げられるのが大好きだった。

「あひっ、だからもっと乱暴にしてぇ♪」

「コリコリした子宮口をいじめられるの

が好きなんだよな～、こんな感じにさっ」

「そうなのぉっ、熱いチンポの先っぽでグリグリって、グリグリってされるのぉっ！」

ハルハルの蜜壺が派手にかき回されて、グチョグチョと粘液の下品な音を響かせた。

玉袋をなめ回し、結合部を間近にしているマーノはとてもうらやましそうな目つきだ。

「れろん、そうだよねぇ、コレされると目の前で火花が飛ぶくらい感じちゃうよねぇ♪」

「このチンポでネチっこく責められたらどんな気の強い女だってもだえ鳴きだわ♪」

スーザも娘に同意しながら、睾丸にじゃれつくように玉袋を舐めている。

ハルハルの嬌声は大きくなっていく一方だ。

「気持ちいいっ、もっと締め付けちゃうっ、勝手にグイグイ締め付けちゃうぅっ！」

「へへ、ハルハルちゃんったら可愛いなぁ、下の締め付けはド淫乱だけどさ」

「太くて硬いチンポ感じるっ、立派なカリ首もぉっ、ヌルヌルの我慢汁も感じるぅっ！」

フリーダとインパルはたわわな巨乳で種婿に奉仕している。

普段でもそっと差し出せば息をするように乳房を揉んでくるのが彼だ。

自他共に認める巨乳好き。

種婿の勃起に貢献できていることがうれしくて、奉仕にも熱が入るばかりだ。

「わかるわかる♪　全身のあらゆるところが敏感なチンポセンサーになっちゃうよな♪」

「おっぱい吸いながら凄く勃起してくれてるのって、牝のプライドくすぐられるわぁ♪」

みんな妊娠したくて、そのためだけに異世界から種婿を召喚しただけのことはある。

彼に自分の身体でムラムラしてほしい。

絶対孕ませてやりたくなると思われるのは本当に幸せだ。

そんな牝に囲まれているのだから、種婿も遠慮なくやりたい放題になる。

妊娠中の秘窟でも性感帯をこれでもかと肉棒で刺激してやる。

「いいぃ、してしてぇ♪　深く突き上げてぇっ、そのためのハルハルマンコなのぉっ！」

「ははは、こうだな？　こうだろっ、こんなのはどうだっ」

「凄いっ、チンポもとっても気持ちよさそうにヒクヒクしてるぅっ、うれしいっ！」

派手に喘ぎ続けるハルハルだった。

そうなるとほかのメンバーも自分が犯されているような気分になってくる。

インパルは妖艶な笑みを浮かべ、頬を赤く染めていた。

「こんなに可愛くてイヤらしい鳴き声されたら、そりゃビンビンになるわよね」

「みんなが肉便器してるときも、こんな感じで牝の顔になってるけどな」

マーノとスーザも、ずっと肉棒から目が離せなくなっている。

「そうだねぇ、自分がチンポ扱きのために産まれてきたんだって心から実感できるし♪」

「こんなにチンポ好きの卑しい牝がいたなんて、自分のことながらビックリよねぇ♪」

かなり昂ぶってきたのかフリーダとインパルは自分でも乳房を揉みしだき出す。

当然のように母乳の量も増えて、鼻腔をくすぐる甘い匂いも濃厚になってきた。

「あふぅ、おっぱい絞りでミルクもあふれでちゃうぞっ、もっとだ種婿どのぉ♪」

「好きなだけおっぱいミルクを飲んでちょうだいっ、母乳でチンポビンビンにしてぇ♪」

「エッチな気分になると母乳がでてくるのって、絶対種婿どのの躾《しつけ》のせいだよねぇ♪」

「種婿どののために、身体がひとりでに肉便器らしく変化したのは間違いないかも♪」

猫獣人親子も玉しゃぶりで興奮するばかりだ。

舌を長く伸ばしてなめ回したり、睾丸をパクリと咥えて舌の上で転がしたりしていた。

種婿がハルハルの膣腔をかき回すと、自然に彼女も強く喘がされてしまう。

Gスポットの粘膜に細かいヒダが密集しているためカリ首とよく擦れる。

背後から挿入しているときは裏筋との相性もいい。

「奥もいいいっ、そこもいいいっ、ぜぇんぶ種婿どのに躾けられた性感帯なのぉっ！」

「ハルハルちゃんの身体は俺のモノだしね。牡の所有欲にビンビン響くぞ」

「チンポに愉しんでもらえると肉便器マンコもうれしいってキュンキュンしちゃうぅ♪」

「やっぱハルハルちゃんは犯し甲斐があるね～」

可愛い牝を自分のモノにして孕ませるってのは牡の本懐だ。

だからこそ少年は多くの女性に次々と手を出しても罪悪感を覚えない。

そもそも、手を出される側が孕まされることを大歓迎している。

「あぁっ、うれしいっ、身も心もチンポの奴隷だから幸せすぎてたまらないのぉっ！」

「なあなあ、あたしは？　チンポで辱めて屈服させて牝鳴きさせるの愉しいっていってくれただろ？」

「もちろんフリーダだって気に入ってるよ。ちゃんとおねだりだって叶えてるでしょ」

「へへ、だよな♪　じゃあおっぱい虐めて指の跡がつくくらいギュッて握ってぇ♪」

「こっちもぉ、乳首を噛みながらクイクイ引っ張ってぇ、歯形がついてもいいからぁ♪」

「お安いご用だっ、スーザ奥さんとマーノちゃんも遠慮なくおねだりしてくれっ」

「くす、でもそのかわり知性も尊厳も感じられない恥ずかしいチンポ乞いが条件よね♪」

「うふ、種婿どのが好きなのはこうでしょ、ほしいぃ、チンポほしいニャア♪」

「キンタマしゃぶりがんばるニャア♪　ちゅ、じゅぷ、れろろん、だからチンポぉ♪」

母と娘のダブル肉便器は相乗効果でエロ可愛さが十倍くらいに跳ね上がった。

即座に肉棒が反応し、またハルハルが喘がされることになる。

「くひぃっ、中で大きくなったぁ♪　はち切れちゃうぅ♪　チンポすごいのぉっ！」

責められる側にしてみれば、カリ首のこすれが凶悪すぎて意識が飛びそうになる。

「あぁんっ、おかしくなるっ、最高ぉっ！」

「おかしくなっちゃえよっ、どうせ俺が満足するまで肉便器からは解放されないんだし」

「種婿どのが満足するなんて、つまりぃ、ずっと肉便器にされ続けるってことぉ♪」

少年は絶倫を誇っており、出しても出しても子種が涸れることがない。

そんな睾丸を空っぽにするなんて無理なことだとハルハルは悟っている。

もっとも、だからこそのハーレム肉便器だ。

フリーダが犬歯を剥き出しにして、獰猛で貪欲な笑みを浮かべる。

「中出し中毒のチンポ狂いって村の連中から思われてるのは伊達じゃないって♪」

「遠慮してるだけで、ほかの女たちだって種婿どのには興味津々なのにね～」

「ちゅ、ちゅ、この素晴らしいチンポに抵抗できる牝なんていないもの、遅かれ早かれみんな肉便器ニャア♪」

「私よりも若い子だって、もうとっくに覚悟はできてるというか興味津々だからあとは種婿どの次第ニャア♪」

「なるほどね～、みんなハルハルちゃんみたいにいい声で鳴いてくれるかな？」

種婿も、面白そうだと興味津々だった。

なにせ島に残された住人はすべて女性だ。

老いも若きも牝に目覚めたら、きっと凄いことになりそうな予感がする。

「あぁっ、あぁんっ、激しいぃっ、お腹に赤ちゃんいるのにっ、でもいいのぉっ！」

「このボテ腹は中出しの証拠だから、けっこう所有欲をくすぐられるんだよな」

「あんっ、私も興奮しちゃうっ、あからさまな肉便器証明だし♪　チンポ好きぃっ、おへそまで反り返って太い血管が浮きでているカリ高勃起チンポたまらなぁい♪」

中出し乞いの甘えるような締め付けとヒクつきが止まらなくなっていた。

媚肉の様子からそろそろハルハルが限界なことがうかがえる。

「あひっ、さっきからずっとイキたくてたまらなくなってるのぉっ、でも中出しされないとイケない肉便器マンコだからぁ、種婿どのに許可してもらえないとダメなのぉ♪」

「それっていいよね、絶対服従の牝奴隷マンコらしくて、支配者気分も味わえるしさ」

「あぁん、そうだよ、種婿どのはハルハルのご主人さまぁ♪　心も身体もすべて種婿どののモノぉ♪　だからチンポ締め付けながらおねだりしちゃうっ、ハルハルイカせてぇ♪」

睾丸を吸い尽くそうとする下品なヒクつきは、完全に人間をやめているレベルだ。

「お願ぁいっ、ちょうだい孕ませ汁ぅっ、こってりチンポミルクでイカせてぇっ！」

「しょうがないな、しっかり中出ししてあげるぞっ、さあうけとれっ！」

種婿は激しく腰を振って、極上の秘窟で肉棒を扱いていく。

射精の予兆を感じ取ったハルハルは切羽詰まった半狂乱でひたすら媚びまくる。

「あはぁっ、うれしいっ、出してぇっ、激しいぃっ、チンポが暴れてるっ、あぁぁっ！　チンポに狙われてるぅっ、たっぷりだしてっ、特濃子種を奥にぶちまけてぇっ！」

「うおぉおぉっ、出すぞっ、イケっ、ハルハルちゃんっ！」

「イッくうぅっ、ふはぁっ、あぁんっ、中出しアクメぇっ、熱いの感じるぅっ、くはっ、すごぉいっ！　孕みマンコがイキまくりぃっ、もっとぉっ、ドピュドピュ気持ちいいっ、子宮がイカされまくりぃっ！」

「くうぅっ、とってもしっくりくるなっ、肉便器マンコが気持ちよすぎるぞっ」

「あぁぁんっ、チンポも最高っ、気持ちよすぎるぅっ、大好き種婿どのぉっ！」

肉棒の脈動は激しくて、射精しながら好き勝手に暴れ回っていた。

特濃精液の勢いは、ハーフエルフの心も身体も隅々まで虜にする。

「俺もハルハルちゃんが大好きだぞっ、出しまくってやるっ、ほら喰らえっ！」

「あひぃっ、ふほぉおぉっ、とんじゃうぅっ、イキまくって頭が真っ白になるぅっ、気持ちいいぃっ、孕みマンコでイクっ、連続アクメっ、あぁっ、イクイクイクうぅっ！」

種婿の上で全身を痙攣《けいれん》させる姿はまるでロデオだ。

絶頂の波は落雷のような激しいショックだった。

意識まで真っ白に染め上げられ、ひたすら快感の荒波に晒されている。

こうなると、スイッチが入ったまま、ちょっとやそっとでは元には戻れない。

「イッたまま落ちてこなぁい、素敵ぃ、チンポアクメ祭で頭がクラクラするぅ♪」

「よし、じゃあハルハルはしばらく休憩してな、次はあたしにチンポ挿れてくれっ♪」

「インパルマンコも内股までグショリで挿れごろよぉ♪　あはぁ、母乳もあふれておっぱいがパンパン♪」

「こっちだって早くチンポほしいニャア♪　種婿どのの所有物らしくチンポ扱きのお役に立ちたいニャア♪」

「淫乱スーザは寝取られマンコらしく夫と比較しながら種婿どののチンポを褒め称えさせてもらうニャア♪」

「いいねぇ、ドスケベマンコがよりどりみどり！」

母乳まみれになっている乳房が種婿の獣欲を刺激する。

ますます肉便器は犯さずにはいられなくなるというものだ。

絶頂酔いしたままのハルハルが、いいことを思いついたと手を打つ。

「もうちょっとでお夕飯ができるから、肉便器しながら口移しで食べさせてあげるぅ♪」

「そういや女体盛りも好きだよな♪　また身体の隅々までなめ回されちゃうのかぁ♪」

フリーダが盛り上がると、インパルも乗り気で楽しそうに笑う。

女体盛りをすると種婿が乳房やお尻を甘噛みしてくるのを思い出したからだ。

「自分を器にした全裸給仕は被虐感がたまらないのよねぇ♪」

猫獣人の娘と母親もインパルの提案には大賛成だった。

「ペロペロならこっちも得意だニャア♪　というか大好きだからチンポでもキンタマでもペロペロだニャア♪」

「お尻の穴も中までネットリなめ回してあげると、我慢汁トロトロあふれさせて悦んでも

らえるニャア♪」

みんな欲情した牝顔でうれしそうに媚びてくる。

今夜も種婿は極上の肉便器パーティが愉しめそうだった。


とある日、種婿は興味を引かれる話を耳にする。

どうやらこの世界にはカメラに似た道具があるらしい。

せっかくだからと彼はみんなを誘って記念撮影みたいなことをしてみたくなった。

十一人ものボテ腹痴女たちが全裸でズラッと並んだらさぞや壮観だろう。

撮影場所は、初めて召喚された広場だ。

「よ～し、みんな綺麗にならんだね～」

「は～い、ちゃんといわれたとおり、ぜぇんぶ丸見えスッポンポン祭だよ～♪」

「種婿どのを初めてお出迎えしたときを思いだすわねぇ」

まずは足取り軽くハルハルとインパルが並んだ。

続いてフリーダとバルボーラが腹部を愛しそうにさすりながら姿を現す。

「こんなあっさりとみんな腹ボテにしてもらえるなんて、思っていなかったんだけどな」

「いくらなんでも男性がひとりだけじゃ、なかなか妊娠の機会が訪れないかも……なんて杞憂だったわ」

プラッタとサーボは初体験の感触を思い出しているのか、内股をこすりあわせている。

「種族が違っても犯すそばから孕ませるなんて種婿さんの子種って神がかりすぎ♪」

「これ妊娠したって直感でわかっちゃうくらいの中出しでボクすぐに虜になっちゃった」

エウロとナーギは嬉々と種婿の男根について語りあっている。

「生まれて初めての体験なのに、とっても身体にしっくりきちゃうんだもん、そりゃみんな好きになるって」

「違う男の身体を知っていても、余計に種婿どののすごさを思い知るだけなんだけどな」

同じ元人妻で今は種婿専属肉便器のスーザがもっともだとうなずく。

「夫への罪悪感とかきれいさっぱり一瞬で消えちゃうのだから、よっぽどのことよ」

マーノとジュオラルも種婿の特異性には納得顔だ。

「ただ繋がってるだけでもう種婿どののことしか考えられなくなっちゃうもんね」

「どれだけ高尚な理念を唱えたところで、自分が一匹の牝でしかないという事実を思い知らされましたもの」

誰も彼もが美人で美少女でたわわなおっぱいだらけだった。

大きく膨らんだ腹部も艶めかしい。

このままの姿を写真で撮ってもいいが、やはり肉便器は肉便器らしくあるべきだろう。

卑しい牝の本性をしっかり残してこそ、記念写真といえる。

「これからみんなにチンポをぶち込んで中出しするぞ。その場から一歩も動くなよ」

彼の宣言に陽光の下でボテ腹全裸をさらしているみんなが一斉に喜色満面となった。

周囲には見物人が多数見受けられる。

公開肉便器ショーはすっかりこの村の娯楽として定着していた。

そして数時間後――


ハルハルは立ったまま犯されて、中出しアクメを三回キメていた。

「あはぁ、イエェイ♥　カリ高勃起チンポ最高ぉ♥」

インパルは染みるように熱く子宮を侵される感触にアヘ顔を晒している。

「こってりザー汁が中であふれかえってるわぁ♥」

フリーダは母乳が射精のように飛び出しまくっていた。

「ボテ腹マンコにチンポの感触が残ってるぞぉ♥」

バルボーラは奥から灼きつくされそうな快感の余韻に喘いでいる。

「あふぅ、チンポにイカされるとこれだからぁ♥」

プラッタはドロドロに精液まみれになってしまった秘部を周囲に見せびらかしていた。

「あぁん、あんなに長くて太いチンポをズッポリ挿れてもらったのよぉ♥」

サーボは今日も種婿に犯してもらえたと、蕩け顔で誇らしげだ。

「ボクはチンポに目がない牝犬マンコ肉便器ぃ♥」

エウロはパンパンに張っている乳房を自分で揉みし抱きながら自慢している。

「い～っぱい中出しされて、ミルク絞りアクメもしちゃったぁ♥」

ナーギは自分と同じように小柄な女性たちに種婿の肉棒を勧めていた。

「チンポケース肉便器にされるとマゾアクメが凄いぞぉ♥」

スーザはいまいち一歩を踏み出せずにいる人妻仲間に語りかけている。

「あふぅ、種婿どのは老いも若きもみぃんな等しく肉便器にしてくれるニャア♥」

マーノは種婿がわけへだてなく子種を授けてくれることを強調していた。

「チンポの前じゃ親も娘もないニャア♥　種婿どのが平等に犯してくれるニャア♥」

ジュオラルも肉便器に堕とされる素晴らしさを力説している。

「うひひぃ♥　高貴なハイエルフマンコも立派な肉便器に堕としてもらえましたぁ♥」

種婿は目論見どおり、みんなが牝の本性をだだ漏れにしている姿に満足げだ。

「よし、みんなしっかりトチ狂ってる感が現れてるな」

これから少ししたら、出産ラッシュが始まるだろう。

もちろん種婿は、すぐにみんなを孕ませてやるつもりだ。

「お前たちみ～んなは、俺の性欲処理肉便器で、孕ませ遊び用オモチャだ！」

「もちろん♥　ずっと種婿どのの肉便器するから最低でも十人以上は種付けしてねぇ♥」

「あふぅ、種婿どのなら絶対妊娠確実だし、また孕みアクメが味わえるのねぇ♥」

「いったいどれだけ孕まされるのかなぁ♥　くふぅ、こりゃまた恥ずかしいオモチャにされるの確定だぁ♥」

ハルハルとインパルとフリーダが淫らな歓声をあげた。

バルボーラもうっとりと頬を染めている。

「きっと出産も見世物にされて、ホントに産んで即種付けされるんでしょうねぇ♥」

「赤ちゃんを産めて、チンポに犯されまくって、肉便器になるのって幸せすぎるぅ♥」

「今から楽しみで、乳首もクリもビンビンで中出しアクメの余韻がたまらなぁい♥」

プラッタとサーボは興奮しきって鼻息が荒くなっていた。

エウロは自分の幸せをほかの人たちにも味わってほしくて周囲に笑いかける。

「まわりで見てる子たちだって、望めば今すぐ犯してもらえるよぉ♥」

ナーギとスーザは浮気の正当性と寝取られの勧めを強調している。

「あたしが保証してやるよ♥　あはぁ、離ればなれになった旦那に操を立てるなんて人生の無駄だってね♥」

「人妻でも素敵チンポで肉便器に躾けられてこそ本当の牝の幸せを得られるだニャア♪」

マーノとジュオラルはボテ腹を自慢げに突き出して、妊娠の悦びを訴えている。

「チンポは怖くなぁい、処女マンコでも安心の孕みアクメだニャア♥」

「種婿どのは最高の殿方でぇすっ、この上ない至上の快楽をもたらしてくれまぁす♥」

感謝と賞賛を口にするたび絶頂に達してしまうのだろう。

みんなビクビクと小刻みな痙攣を繰り返している。

この異世界村での孕ませハーレム生活はこれからも大いに盛り上がっていきそうだった。

周囲のギャラリーの中にも、ついにガマンの限界に達したものがチラホラと見えている。

バッと衣服を脱ぎ捨て全裸になると、恥ずかしげにそそくさと集まってきた。

ひとり、またひとりと、種婿の足下で全裸土下座する。

その数は二十人を超えていた。

そして一斉に欲情した声で懇願する。

『どうか種婿どのの勃起チンポと元気な子種を発情マンコにお恵みくださいっ！』

もちろん、少年に否はない。

土下座したままの女性たちの背後に回り込むと、順番に後ろから肉棒で貫いていく。

「ははは っ、み～んな俺が孕ませてやるから安心しろっ、俺は種付けハーレム王だぜっ」

絶対的な自信のこもった宣誓だった。

その言葉を証明するかのように、肉棒は最後まで一度たりとも萎えることはなかった。


時は流れ、千代に八千代に。

クォルカールバン大陸の南に幻の小さな島があるという噂が人々の口に上っていた。

そこは不妊に悩む女性の最後の希望、祝福の島。

その島にいけば、必ず子宝に恵まれるという。

だが、その噂を信じるものは少なかった。

誰ひとりとしてその島で実際に妊娠したという女性を見た人がいなかったからだ。

それではせいぜい酒場の与太話にしかならない。

もっとも。

……より正確にはその島に向かった女性は誰も帰ってこなかったから、なのだが。

# あとがき　有巻洋太

みなさんこんにちは。有巻洋太です。

本作はMiel様の同タイトルエロゲのノベライズとなります。

ジャンル的には異世界転移ものですね。

チート能力で無双状態、どんな相手だろうが簡単勝利！

私はウソはいってません。

さて、原作はいわゆる低価格系のエロゲになります。だというのにヒロインが十一人もいます。素でビックリしました。めっちゃ攻めてるなと。普通はひとりかふたりですから。


それではすべての読者様に性癖ドストライクなエロとの出会いがあらんことを。

ぷちぱら文庫

# いつでも種付《たねつ》け！
# 異種族孕《いしゅぞくはら》ませハーレム村《むら》

2020年 12月11日　初版第1刷 発行

■著　　者　有巻洋太
■イラスト　T-28
■原　　作　Miel

発行人：久保田裕
発行元：株式会社パラダイム
〒166-0004
東京都杉並区阿佐谷南1-36-4
三幸ビル4A
TEL 03-5306-6921
印刷所：中央精版印刷株式会社


PP0378

既刊案内
傲慢巨乳魔王
ルシファー、
追放された
底辺召喚士の絶対服従
孕ませ使い魔に堕ちる
ぷちぱら文庫 350
著 遊真一希
画 七G
原作 Miel
定価 810円+税
好評発売中！